アイヌ歳時記
思い出の人々
コタンの口笛
コタンの口笛
映し出されたアイヌ文化
銀のしずくランラン…
SHIROKANIPE RANRAN
萱野茂のアイヌ語辞典
アイヌの碑
萱野茂
あるくみるきく
シュマリ
シュマリ
シュマリ
シュマリ
勇者ダン
萱野茂
イヨマンテの花矢

エポエポアヤポ

アイヌ文学読本

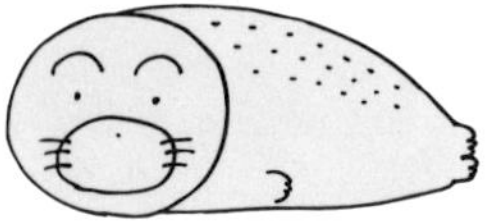

トッカリ

はじめに

若き日、結構高い屋根にのぼってペンキを塗っているメノコ《あいのがーる》と出会ったことがある。普通にピアスをして、まつげをカールして、ポッチェ（アイノの保存食）を練って、鹿を解体する娘《こ》だった。そのたくましさが美しいと思った。

この本の書名のエポエポに深い意味はない。「16歳の時、アイヌコタンの坂の上にあるオンネチセ《こみんかげきじょう》で古式舞踊《ぶよう》を踊っていたら、エポエポが口癖のおばあちゃんがいたので楽屋《がくや》でよく耳にしていたんですよ」とダンサーでシングルマザーの元気なメノコが教えてくれた言葉だ。

「本当にね」という意味のエポソというアイノ言葉《イタク》があるので「そうそう」という感じで使っていたのかもしれないし、違うのかもしれない。

同様にアヤポも特に意味はなさそうだ。冒頭のたくましいメノコが30代の頃「静内のメノコさまと一緒に

舞台を踏んだ時、おばさまがよく口にしていた言葉」なのだそうな。

「あっ」と驚いた時の感嘆詞アヨポがなまったのかもしれないし、特に意味はないのかもしれない。

どちらにせよアイヌ語辞典には載っていない生きたアイノ言葉だ。それが面白くて書名にしてみた。

書名といえば、ああ、まったくもう。逡巡《しゅんじゅん》した挙句《あげく》、日和《ひよ》ってしまったよ。本当はアイノ文学読本にしたかったのに、アイヌという大嫌いな言葉に日和ったのは哀しいかなアイノという言葉が普及していないからなり。

たとえば、江戸時代末期に6度も蝦夷探索《えぞたんさく》をして150冊の蝦夷本を書いた松浦武四郎は蝦夷日誌の中でアイヌという言葉を全く使っていないからね。理由は明白。江戸時代のアイノたちは自分たちのことをアイヌとは言わなかったからだ。日本一多くのアイノと接した武四郎がそう記

しているのに、なんとしてもアイノを愛奴《アイヌ》にしたかった勢力は「武四郎は耳が悪かった」という噂《デマ》を流布してまで愛奴《アイヌ》で統一しようとしたんだ。

そこで武四郎は最終手段として、正しい呼称を地図に残そうとした。

武四郎の出身地、三重県の三雲町《みくもちょう》（現松阪市）にある小野江小学校の塀には子供たちが描いた武四郎の絵があって、そこには正しく「北加伊道の名付け親」と書かれている。そう、武四郎は「北海道」なんて名付けていないからね。北海道と名付けたのは水戸《みと》藩主《はんしゅ》で、武四郎が発案したのは〈北のカイナの道〉で北加伊道。カイナとはアイノのことだ。

蝦夷日誌には愛農、相ノ、カイナなどといくつかの呼称でアイノが記されている。蝦夷地すなわち〈北のアイノの道〉と武四郎は名付けたのに、アイノを蔑視《べっし》する勢力の横槍《よこやり》で加伊は海にすり替えられ、百年記念

塔だの開基百年だの、アイノの歴史はなかったことにされたのだよ。北海道の小学生はきっと北海道の正しい歴史を教わっていないんだろうな。

本文でも取り上げたけど、小金井良精《よしきよ》と孫の星新一、阿寒の山本《やまもと》多助《たすけ》エカシ、武四郎解読の第一人者である秋葉實《あきばみのる》さんなどの智者たちが「アイノがもともとの呼び名であり、アイヌは同化政策の過程で刷り込まれた侮蔑語《ぶべつご》である」と訴えている。

でも、アイノ文学読本だと誤植《ごしょく》と思われそうなので、アイヌ文学読本に甘んじた次第。悔しさは印刷の工夫で晴らしているけどね。むふふ。

引用部分は原文のままアイヌを用いて、トッカリの文章はアイノなので、結果、アイヌとアイノが混在してややこしくなっていることを先にお詫びしておくね。

では、ピリリと辛口のトッカリワールドをお楽しみあれ。

アイノコラムン

ブックデザイン／舘浦あざらし

漫画／石坂啓　原作／本多勝一　監修／萱野茂

ハルコロ

イラストは岩波文庫版／2021年6月15日発売／各288頁／各本体1300円　※希望コミックス版（1993年3月／潮出版社）もあり

「あんたがそんなウエンペ（心の貧しい人）だとは知らなかったわ！　ひどい人!!
私のフチはね、いつもアキヒ（弟）に言ってるのよ。アイヌ　ネノアン　アイヌ＝人のなかの人になりなさい、って。アイヌ（人間）らしく徳を持てってことでしょ」

〈石坂啓＋本多勝一＋萱野茂『ハルコロ』岩波現代文庫1巻からの抜粋〉

『ゴールデンカムイ』よりもずーっと
メノコたちに愛されているアイノコミック

『ゴールデンカムイ』は読んでますよね？と、訊《き》かれたことがある。

「全く興味がない」と即答したら、「トッカリさんって先住民族に関心がないんですね。ガッカリです」と失望されてしまった。

まいったな。少し冷静に考えてみようよ。もし、日本人を題材にした『ゴールデン神様』という漫画をアジア系外国人が描いて、大ヒットしたとしたら、良識ある日本人は疑問に思うんじゃないだろうか？

「どうして日本のことを描いているのに『黄金の神様』じゃなくて英語と日本語を乱雑に混ぜた題名なんだろう」と。日本の神様を貶《おとし》められたようで違和感を覚えて憤《いきどお》る人もいるだろうね。

全く同じ理由で、『ゴールデンカムイ』という題名はアイノイタク《あいのことば》を軽視し、心優しきカムイ《かみさま》たちも冒涜《ぼうとく》している気がするので、読んでいないし、一生読むこともないと思った次第。おいらの自由ってもんさ。

真に動物を愛する人が動物園に行かないように、真に温泉を愛する人がスーパー銭湯に行かないように、真に敬愛する対象がある人ほど偽物《にせもの》には近付かないんだよ、と説明しても伝わらなかったけどね。

でも、大丈夫。心優しきセニョリータたちのために本物のアイノ漫画を紹介するよ。石坂啓《いしざかけい》の『ハルコロ』だ。

ひとりの少女の成長を軸に、アイノの生活や儀式、思想、狩猟などを知ることができるだけでなく、なんと、ドキドキハラハラのラブストーリーでもあるので、肩肘を張らずに普通に楽しめちゃうのです。

実際、ピリカメノコ《あいのがーる》に読んでもらったら「お父さんに言われた言葉と全く同じセリフが出てきたからびっくりしたぁ。わたしのお父さんってアイヌなんだなぁって改めて思ったし、すごく面白かった♥」と好評だったし、監修を担当した萱野茂《かやのしげる》さんは解説文に「随所に出ている説明文も史実に則《のっと》って書かれているので、これから先、アイヌ関係のものを書こうと考えておられる方々が参考文献として引用するに足りる内容を備えています」と記している。アイノが読んでも違和感なく楽しめる本物の作品であるというお墨付《すみつ》きなり。

漫画だからこそ視覚的に伝わってくる アイノのリアルな生活とか儀式などなど

この作品の資料的価値と、漫画としてのクオリティを担保しているのはなんといっても絵の美しさだ。

石坂啓の文庫版あとがきから引用すると、〈『ハルコロ』連載中は絵のうまい友人たちに頼み込んで、たくさん助けてもらいました。お金のない時期で六畳ひと間の仕事場でしたが、みんな快《こころよ》く手伝いにきてくれて本当にありがたかった〉ということで、なるほど、鮭《カムイチェプ》の群れが遡上《そじょう》する場面や鹿《ユク》の大群の場面など、本編とは異なる画風が混在しているけど、それも含めて完成度の高さに圧倒されてしまう。

演奏が稚拙《ちせつ》だと音楽が伝わってこないように、漫画はやはり絵が巧《うま》くなくては心に響いてこないとつくづく思うのです。

たとえば、イヨマンテの席で祭壇に供えられたヒグマとお供《そな》え物の描写。ああ、アイノは肉や毛皮などを提供してくれるヒグマを心から敬《うやま》っていたんだなぁということがどんな学術的な文章よりもダイレクトに伝わってくるし、秋の恵みである鮭の群れを迎える時に立てられた御幣《イナウ》の絵の美しさから、鮭の群れに対する感謝の気持ちが理屈なしに伝わってくる。

マレプという鉤状《かぎじょう》の銛《もり》で捕らえた鮭の頭を叩くイサパキクニは柳の枝に美しい堀模様を刻んだ香りのいい棒で、なんと、鮭一匹につきイサパキクニを一本ずつ使うことで鮭の魂を安心してカムイの国へ帰すそうな。人間中心の一神教《いっしんきょう》には決してない、森羅万象《しんらばんしょう》にカムイが宿るという思想を拠り所とするアイノならではの心優しき風習だよね。

アットゥシ《オヒョウのおりもの》を織るために木の皮をはぐ場面も絵が美しいから「立木《たちぎ》の神さま、あなたの着物の一部をいただきました」という言葉が絵空事でなく響いてくる。残った皮がはがれたり飛ばされたりしないように余った木の皮で立木に帯をしめる場面もアイノの心優しき宗教観が知識としてではなく感性として心に届いた。

圧巻は出産シーンのリアルさだ。アイノの知恵が命をつなぎ、物語は大胆に時間を進めていく。不穏《ふおん》な気配を漂わせながら。

アイノの昔話は一見荒唐無稽《こうとうむけい》だけど
実生活での教訓に満ちているのです

うれしいことに、フチが語る昔話が作品中に散りばめられている。

たとえば、イヨマンテの夜。キムンカムイ《カムイになったヒグマ》がアイノたちと一緒に酒を呑んでいると、ヘツサーオーホーイと踊るアイノの中にとびきり踊り上手な若者を見つけてしまう。キムンカムイはたくさんのおみやげを持って神の国に帰ったけど、どうしてもあの踊り上手な若者のことが忘れられなかったので、その後も何度もアイノの前に現れては喜んで狩られ、若者の踊りを楽しんだそうな。すると、何度も若者の踊りを見るうち、キムンカムイは気付いてしまうのだよ。それは……、みたいな教訓を秘めたアイノの昔話が作中ぽつりぽつりと語られるわけで、中には〈摩周湖《ましゅうこ》は出口も入口もなくいつも霧に覆《おお》われている死霊《しりょう》の湖なので、摩周湖の湖面を見たアイノは二度とアイノモシリ《ひとのせかい》に戻って来ることができない〉という言い伝えもあったりするけど、これは視界不良によるカルデラ急斜面への落下防止や当時噴出していただろう有毒ガスによる事故を防ぐための教訓だったんだろうね。たぶん。

ほとんどの出版社がアイノの本を出したがらないというリアルな現実

この漫画が世に出るまでの道のりもなかなかドラマチックだ。

石坂、本多、萱野の三氏のあとがきをまとめると『ハルコロ』の始まりは1982年2月のこと。朝日新聞の記者だった本多勝一《ほんだかついち》が8月までの半年間、萱野茂さんや貝澤正《かいざわただし》さんといったサンニョアイノ《しりょぶかきひと》が暮らす平取町《びらとりちょう》二風谷《にぶたに》に一軒家を借りての自炊生活を始めることになったんよ。

本多勝一は二風谷に滞在しながら朝日新聞にアイノの話を102回に

わたって連載したわけで、この連載に先立ち、本多勝一は対談で面識があった石坂啓に電話をかけている。「今度新聞でアイヌについて連載することになったので、それを漫画にしてもらえないだろうか」と。

新聞連載の挿絵《さしえ》のオファーではない。あんたが自分で出版社と交渉して連載してほしいという話だ。控えめに言っても乱暴な話だぞ。

実際、石坂啓はどこの出版社からも断られ、潮《うしお》出版社のコミックトムの連載が決まるまでに7年を費やしている。これ、よくわかるよ。おいらも親しい出版社にアイノ文学について書きたいと言っては「それはうちで出す本じゃないなぁ」と断られ続けてきたからね。ほかの企画は通るのにさ。これって差別ではないんだろうけど、アイノ文学を日本文学の土俵《どひょう》に乗せないでくれという「区別」は痛感した次第。

『ハルコロ』のコミックトムでの連載は1989年からで、潮出版社の希望コミックスとして刊行されたのは1巻が1992年12月、2巻が1993年3月。あまり刷らなかったんだろうね。古書店で探してもまずお目にかかれないか、稀に見つけても高価すぎて手が出ないので、今のところは2021年に文庫化された岩波現代文庫版を求めるのが確実だ。こちらはピカピカの新品を定価で入手できる。

『ハルコロ』の原作とされている本多勝一の『アイヌ民族』も読んでみたけど驚いた。というのは、本多勝一は『ハルコロ』1巻のあとがきに、アイノは日本列島の東北以北の先住民族だと思われる、と書いているので、アイノに関する考察が全然駄目《だめ》だと思ったからだ。柳田國男的な、坪井正五郎的な、エリートが陥《おちい》りやすい固定観念から脱せずにいると思った。資料が探しやすく調べるのに都合のいい時代までしか遡《さかのぼ》らず、7世紀の大化の改新以前にまで想像力を広げられないところが新聞記者の限界なのだと思った。『アイヌ民族』と同じ1993年に朝日文庫から出した『先住民族アイヌの現在』も膝を打つフレーズは少なく、むしろ違和感が積みあがる読後感だった。若かりし頃、『貧困なる精神』を読みまくって、漢数字の表記など、20代に身に付いた本多イズムが60歳になった今も消えずにいるおいらがそう感じたのだから、この感想は遠く外れていないと思う。

ところが、である。『アイヌ民族』は全く別物だった。魂《たましい》のこもった素晴らしい一冊なのだよ。いい本なのさ。特に『ハルコロ』のパートの面白さ。豊富に挿入された竹内喜久江のイラストも素晴らしいいし、田村義也の凝った装丁《そうてい》も味があるので、大切に、大切に、手元に残したい一冊だと思ったのです。

『アイヌ民族』本多勝一／1993年4月15日発行／朝日新聞社／四六判346頁／本体1602円+税　※webサイト『日本の古本屋』にて1000円前後で入手可能

萱野茂さんが唄いながら教えてくれた ウコチャランケという非暴力の美学

あれは、たしか1990年11月のこと。ポンコツビートルに萱野茂さんとれい子さん夫妻を乗せて、二風谷から札幌へと向かって走っていた。

萱野茂さんに「いい車に乗ってるねぇ」と、古い車を大切にしていることを褒められ、「一度ワーゲンに乗ってみたかったんだよ」とリクエストされてのドライブだ。れい子さんは後部座席で爆睡している。

道中、カーラジオから流れる湾岸戦争のニュースを聴いていた萱野茂さんが、ぼそっとつぶやいたんだ。

「チャランケが足りないなぁ」って。

チャランケってなんですか？　と尋ねると、正確にはウコチャランケと言って、アイノはほかの地域ともめ事が起きた時は暴力ではなくウコチャランケという話し合いで解決するんだと教えてくれた。

『ハルコロ』にウコチャランケの場面は描かれていないけど、チャランケ前後の様子が描写されている。

萱野さんによるとウコチャランケのルールは明朗《めいろう》で、相手が唄っている時は黙って聞くこと。そして、両者が「納得《なっとく》した」と言うまでは幾《いく》夜《よ》でも続けること、だ。「話している」ではなく「唄っている」と書いたのは、萱野さんが実際にチャランケの一場面を演じてくれたのが完全に唄っていたから。言葉をメロディに乗せて主張しあうのである。

具体的には夜、双方のコタンから男たちが集まり、火を焚いて、夜を徹して互いの言い分を唄い合い、朝になっても結論が出なかったら、♪また明日～ここで続きをしよ～♪みたいに唄って解散するんですと。

萱野さんとのドライブのあとイラク情勢は話し合いもなく悪化し、翌年１月にはアメリカを中心とする多国籍軍が空爆を開始した。

本当だよ。チャランケが足りないよ、まったく。

ちなみに、アイノでは狩猟上手《しゅりょうじょうず》よりも、力持ちよりも、チャランケ上手がもてるそうな。萱野さんが笑いながら教えてくれた。なんてことを思い出せたのも本物のアイノ文学が持つ力なのだと感じた次第。

沢で拾った矢じりの印から、トパットゥミの連中はリクンペツ地方の者だということがわかりました。
あとを追って徹底的に敵を全滅させるという意見もありましたが、どこの者かはっきりしているので、コタンコロクルはウコチャランケに出ることにしました。
ウコは「互いに」、チャランケは「言葉を降ろす」。つまり、とことんまで議論して、暴力でなくもめごとを解決するというアイヌの習わしです。

〈石坂啓＋本多勝一＋萱野茂『ハルコロ』岩波現代文庫版1巻からの抜粋〉

イランカラプテェ なんて言わない

さい頃から知っているUちゃんが札幌の大学に通うことになった。「これあげる」と折り紙で作った手裏《しゅり》剣《けん》みたいな花をプレゼントしてくれたオチビのUちゃんも、今ではメイクを気にする立派なピリカメノコ《あいのがーる》だ。

そのUちゃんから「アイノ舞踊の発表をするので見に来てほしい」と誘われた。ささやかな発表会だと思って某大学に見に行くと、大規模なイベントなのでぶったまげた。何しろ、ゲストが五木寛之《いつき ひろゆき》だからね。五木寛之のデラシネ話だけで10枚ぐらい書けちゃうけどそれは今度。問題は学長なる人物だ。登壇するなり「イランカラプテ」と元気よく言ったのだよ。会場にいた人たちも「イランカラプテ」と元気よく返した。会場で独《ひと》り凍《こお》り付いてしまった。

順番が前か後か忘れたけど、担当の女教授も登壇するなり「イランカラプテ」と叫んで客席がそれに呼応《こおう》した。

おいおい、イランカラプテェはいつから、誰もが、元気よく、何度も使っていい言葉に成り下がったんだい?

エカシ《りっぱなおじいさん》が、特別な客人に対して、一度だけ、唄うように優しく語りかける言葉じゃなかったのかい?

たとえば、『ハルコロ』の登場人物は全員アイノで、多くのアイノイタク《あいのことば》が飛び交うけど、誰ひとりとして一度も「イランカラプテェ」と口にしていない。経験豊富なフチ《りっぱなおばあさん》も、ハポ《おかあさん》も、ミチ《おとうさん》も、元気なアキヒ《おとうと》も誰も口にしていない。当然だ。「イランカラプテェ」は日常生活で使う言葉じゃないからね。

「イランカラプテ=こんにちは」という誤訳《ごやく》を押し通そうとしている人は世界中の先住民族に「ほー」とか「へー」みたいな掛け声はあっても、「こんにちは」に該当する日常挨拶語が存在しないという民俗学の一丁目一番地を知らないわけがないのに、明治維新以降の価値観を無理やり先住民に当てはめようとする賢い人たちなんだろうね。口では多様性の尊重などと言っているけど本質は同化政策《どうかせいさく》を推進している確信犯ってところかな。ぞっとするぜ。

知里幸恵の姪《めい》に当たる横山むつみさん(旧姓知里むつみさん)が生前教えてくれたよ。

「わたし、長い間アイヌに囲まれて生きてきたけど、イランカラプテェなんて言ってる人、見たことがない」って。

萱野茂さんも教えてくれた。

「イランカラプテェは〈あなたの心にそっと触れさせてください〉という意味で、重要なゲストが訪れた時に、コタンを代表するエカシが一回だけ口にする特別な言葉だから、普通のアイヌは一生に一度も口にしないよ」と。

日本人だって江戸時代までは「こんにちは」なんて口にしなかったからね。「今日《こんにち》はよいお日柄ですが、どちらへ?」という明治維新後によそ者を監視した慇懃《いんぎん》な監視言葉の省略形が「こんにちは」なので、見知った顔ばかりで暮らす先住民には縁のない言葉なのさ。

元気な挨拶を良しとする思考そのものが同化政策だと気付かないのかなぁ。

貝澤 正

アイヌ わが人生

岩波書店／1993年7月28日発売／四六判346頁／本体3000円　※古書サイトで1200円〜3000円程度で入手可

働くことだけが人生と思い込み、青春も恋も知らない。恋を語る現実もない。「農は国の本なり」を基本とした教育で五反百姓をしながら青年時代を過ごした。大陸への侵略が始まり、軍事訓練を強いられ、アイヌもシサムもない日本国民として米英撃滅に火の玉となった。波に乗って大陸へ渡った。日本軍人や開拓農民が、中国人や朝鮮人を差別していることに対しても「俺は日本人だ」という優越感を持たなければならなかった。

〈貝澤 正『アイヌ わが人生』岩波書店からの抜粋〉

貝澤正《かいざわただし》さんと初めて出会ったのは沙流川《さるがわ》の河畔だった。

掲載する雑誌さえ決まっていないアポなし取材だというのに、どこかの看板を背負っているわけでもない一匹狼ならぬ一匹海豹《とっかり》のインタビュー申し入れに気安く応じてくれたのです。

世間的に注目された『二風谷《にぶたに》ダム建設差し止め訴訟』の３年以上前だった。沙流川中流部に二風谷ダムが建設されるに当たって、ダム湖により水没する予定地の国による強制収用を不服とした貝澤正さんと萱野茂さんが収用差し止め請求を求めて間もなくのことだ。多くのマスコミ人が「頑固親爺が二人、土地を手放したくないと国を相手にごねている」ぐらいしか思っていない時に、これは民族問題に発展する大ニュースになるぞ、と直感した20代の若造は人生初の〈どこからも頼まれていない取材〉をするためにポンコツワーゲンを走らせたのです。

当時は樹海ロードがまだ開通していなかったので札幌から二風谷へは苫小牧経由だ。目についた民芸店で貝澤さんの家を尋ねると大声で笑われた。

「おれも貝澤だし、この辺りはみんな貝澤だよ」とのこと。

そうなんだ。知らなかったよ。貝澤姓は沙流川中流域から上流部にかけて暮らすアイノが明治に入って血縁などに関係なくまとめて付けられた姓だと知るのはしばし後のことなり。

貝澤正さんに会いに来たと言うと、民芸店の若い店主は「叔父さんかぁ。川にいるんじゃないかな。川に行くといいよ」と教えてくれた。

教えられた通りに沙流川の河畔《かはん》に行くと、がっちりとした老紳士がひとり河畔を見つめていた。

「貝澤正さんですかぁ」と声をかけると、会釈《えしゃく》を返してきた。

大正元年生まれなので当時77歳。河畔の樹木たちが若葉を輝かせている美しい季節だった。

30歳を過ぎてから独学で覚えた
貝澤正さんのアイノイタクコンプレックス

何から話したのだろう。

最初はやはり国の強制収用がけしからんとかそんな話だったと思う。

アイノの伝統の話になると、「その話はおれなんかより萱野茂さんに聞くといいよ」と言った。貝澤家は家庭の中でアイノイタク《あいのことば》を話す人が誰もいなかったし、学校でも禁じられていたので、自分はアイノイタクを全く話せなかった。言葉は民族の文化そのものなのに話せなかった。そんな自分と比べたら、家庭の中で常にアイノイタクが飛び交い、言葉を絶やさないという信念をもって育てられた萱野茂さんは民族のエリートだから、萱野さんに聞くといいよ、と謙遜《けんそん》された。

若くて馬鹿だったトッカリはそれ以上食い下がらないで、「では萱野茂さんに会ってきます」で切り上げてしまったのさ。馬鹿すぎるぞ。

少しして萱野茂さんに会った折、貝澤正さんの言葉を伝えると「何を言うか。わたしのアイヌ語は与えてもらったものだけど、貝澤正さんは30歳を過ぎてから自分から求めて得たものだから、貝澤正さんのアイヌ語の方がずっと尊《とうと》いよ。わたしが一番尊敬しているのが貝澤正さんなんだよ」と、二風谷のアイノ全員の地位向上を考え、実際に行動している貝澤正さんこそ尊敬すべきアイノだと教えてくれたので、再び会いに行くと、貝澤正さんはまだ河畔に佇《たたず》んでいた。

　このずっとのちに貝澤正さんの『アイヌ　わが人生』を読んでいたら、こんな一節を見つけてしまったよ。

〈ダムが完成して潭水《たんすい》されるまで生きながらえるかどうか予想はつかないが、その時に私は先祖が残してくれた大地に小屋を建て、湖水の底の人柱《ひとばしら》となる決心を固めている。そうでもしなければ先祖の所へ行って何とも弁解しようもない。〉

　貝澤正さんはあの時、そんな決心を固めながら河畔に立ち尽くしていたのかもしれないと今になってそう思うのは、とても寂しそうな、それでいて凜《りん》とした立ち姿が今も目に焼き付いているからなのです。

　貝澤正さんが亡くなったことをニュースで知ったのはその日から一年七か月後のことだった。

　笑顔で承諾してくれた写真が逆光でうまく撮れていなかったので撮り直しに行かなくては。貝澤正さんの人生をもっと聞かせてもらわなくては。と思っていたら、ぼやぼやしている間に二度と会えなくなってしまった。人生は後悔ばかりだよ。

そして、亡くなった翌年、貝澤正さんが生前あちこちに書いた原稿をまとめた本が世に出た。『アイヌ　わが人生』。

一読してぶったまげた。文章がいいんだもん。貝澤正さん、こんなかっこいい文章を書くんだと驚き、酔いしれ、感嘆《かんたん》した。

21ページに冒頭の一文を引用しているけど、どうよ。堂々たるアイノ文学でしょ。

〈シサム《わじん》は白い米を常食とし、柾屋《まさや》の住宅に住み、身なりもキレイだ。アイヌはヒエ、アワの常食、萱葺《かやぶ》きの小さな小屋、焚火《たきび》ですすくさい汚いなりだった。祖父は長い髭《ひげ》を生《は》やし、祖母は口のまわりに入れ墨をして、父はいつも酒を飲んでは母と口論をし、家庭内は常にゴタゴタがたえない。こんな生活は、私に "シサムはよいものだ" と思わせ、私は "シサムになりたい" そのことだけを思い続けて大人になった。〉

貝澤正さんはアイノであることを封印して、シサムとして生きろという父の教えをもっともだと思い、実際、そう過ごしてきたし、同化政策に逆らえなかった正さんの祖母はウエペケレのかわりに日本の昔話を日本語で読み聞かせたそうな。

皮肉なことに、アイノを捨てろと説いた貝澤正さんの父親は正真正銘のアイノで、アイノの文化を大切にしていた母親は、生まれてすぐ、名も付かないうちに「アイノは優しくて子供を大切にするから」という理由で子育てを放棄した親がアイノに託した、アイノの血が一滴も流れていない和人の子だった。

貧しさから脱却するためにアイノであることを捨てよ、という父の考えと、優しいアイノに育てられた恩返しにアイノの伝統文化を大切にしたいと願う母の考えは毎日のように子供の前で衝突した。それがタダシ少年には辛かった。

もうひとつ皮肉なことがあった。

文字を持たないことで下に見られ、虐《しいた》げられるアイノが和人に追いつくためには教育が必要だと考えた貝澤正さんの祖父は私財を投げ出して学校を建設したというのに、その学校に来た和人の教師は「アイヌは劣《おと》った民族だ。駄目な民族だ」と毎日、毎日、子供たちに言い、アイノイタクを話すと殴ったので、子供たちはアイノであることの誇りを失い、自分たちの言葉を話さなくなったんですと。アイノの子供たちが和人に馬鹿にされぬようにと建てた学校が日本人への同化政策の最前線になってしまったなんて皮肉すぎるよ。

日本人になりたいと心から思っていた貝澤正さんは日本兵として海外に出征し、そこで他民族と触れあったり、逆に日本人から人種差別を受けたりしながら敗戦を迎える。故郷二風谷に戻ると、信じていた戦前の教育に疑問を持つようになり、アイノであることの意地と誇りが高まってきて……なんて話が『アイヌ　わが人生』には綴られている。

民族に目覚めてからの貝澤正さんは闘いの毎日だったんだ。改ざんされた歴史や悪意への闘いであると同時に、土地も言葉も文化もすべて日本人に奪われたのにそのことに怒りもしなければ闘おうともしないウタリ《どうほう》に対する闘いでもあった。

巨額の血税を投じたウポポイは信じられないことに館長がアイノじゃない。北海道人ですらない。こんな馬鹿げた先住民族施設は世界中どこにもない。恥知らずとはこのことだろうね。

もし、貝澤正さんが健在だったら、こんな愚かな館長人事はないと声を上げていたはずだ。学術会議問題で狭量《きょうりょう》さを露呈した菅元総理のオトモダチが仕切る星野リゾートウポポイには加害者側や神教信徒が寛容しうる歴史観しか展示できないのではないだろうか。

そもそも貝澤正さんはポロトに建設することにも異を唱えたと思うよ。耐えがたく、猛反対したのではなかろうか。

一方、1971年に日本で初めての先住民族施設、二風谷アイヌ文化資料館が完成した時の初代館長は貝澤正さんだ。1992年に完成した平取町立二風谷アイヌ博物館に展示物が寄贈される形で資料館は役割を終えたけど、アイノが歴代館長を務めた二風谷アイヌ文化資料館とウポポイ。どっちが本物か、心清らかなマダムならわかるよね。

萱野茂さんとトッカリが忘れられない貝澤正さんの笑顔の理由

貝澤正さんについては本多勝一が『貧困なる精神B集』(1989年4月発売/朝日新聞社)および『先住民族アイヌの現在』(1993年7月発売/

朝日文庫）に書いているけど、なんだろう。調べあげた事実は書かれているけど、体温の在る人となりが伝わってこないんだよなぁ。新聞記者の悪いクセだ。

他方、『アイヌ　わが人生』の巻末に萱野茂さんが描いている貝澤正さんはやたらと人間臭い。

1987年6月に一緒にハワイに行った時の話だ。先住民族会議が早く終わったので、ふたりでマーケットに行って、夜飲むためのビールやつまみを買っていると、美味しそうなワインが売っていたので、それも買い物かごに入れてレジに行くと、ワイン用の栓抜きは扱っていないとのこと。栓抜きがないと飲めないので、あきらめて元の棚に戻す時、萱野茂さんが「あーあ、もったいない」という顔をすると、貝澤正さんも同じ顔をしていたのでふたりで顔を見合わせて笑ったというエピソードだ。萱野茂さんはその時の貝澤正さんの顔を昨日のことのように思い出すと記《しる》している。

笑い上戸《じょうご》だし笑わせ上手だった萱野茂さんと違って、貝澤正さんはあまり笑顔を見せてくれなかった。でも、撮影をお願いした時、長靴姿なのを気にされたので、「大丈夫。長靴でもバッチリいい男に撮りますよ」と言ったら、その瞬間、くくっと笑った。一瞬じゃなくて、しばらく笑っていた。

その笑い顔をとどめようと慌ててシャッターを押したら、みごとに逆光だった。モノクロフィルムなので被写体が真っ黒だった。とほほ。

そんなわけで貝澤正さんの笑い顔の写真は残っていないけど、おいらの記憶にはあの日の笑顔が鮮明に残っているのでした。

炭焼きを始めた。食うことだけで精一杯といった当時のことだ。気がついたら私も老齢に達していた。多くの年寄りは死にたえていた。あれほどまでに嫌悪していた髭の老翁も、入れ墨の老婆も、いなくなっていた。酒に飲まれて駄々をこねていた父も死んでしまった。アイヌがいない。残っているのは脱アイヌだけだ。これで良いのか？ ひとつの文化を持った民族がその文化とともにこの地球上から消えてなくなってしまう。

〈貝澤 正『アイヌ わが人生』岩波書店からの抜粋〉

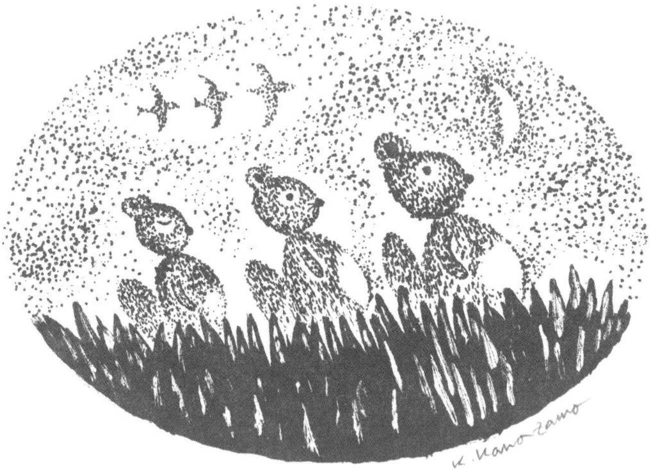
K. Kamozawa

モユク〔たぬき〕

モユクはクマの料理番をしていたから
ススで顔が真っ黒になったんだよ、
と、可愛いメノコが教えてくれた。

モユクはフラフラと歩くので酔っぱら
いにたとえられるけど、真っすぐ歩く
と巣穴がばれるから用心してフラフラ
歩くんだよ、と、おネしに教えてあげた。

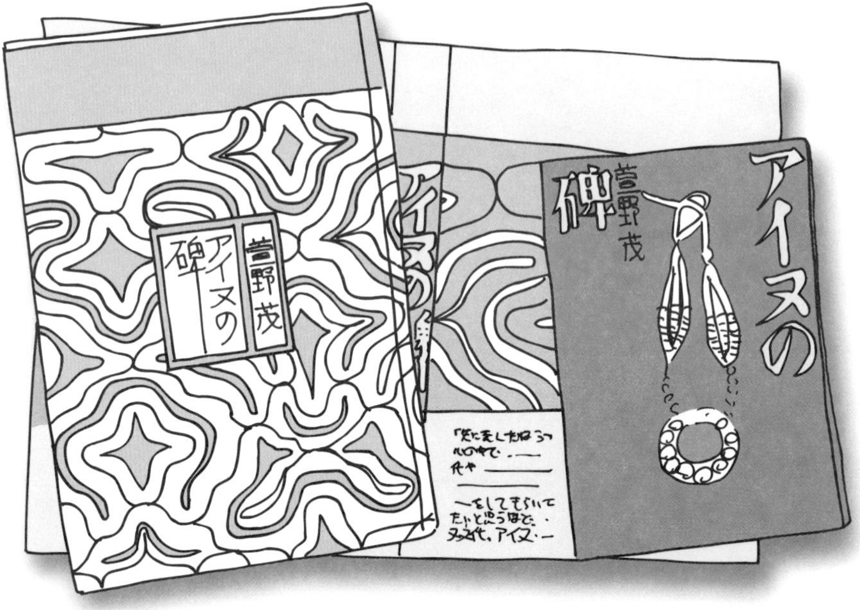

萱野 茂

アイヌの碑

朝日新聞社／1980年3月30日発売／四六判208頁／本体1100円　※1990年12月20日発売の文庫版もあり

二学期がはじまったその日、カレンズを食べた者は全員別のところに並べられ、かたっぱしから先生のでっかい手で平手うち、ばしっ、ばしっ、ばしっ。あの音、あの痛みは四十五年たったいまでも忘れません。わたしが子供のころ盗んでまで食べたカレンズの小さくて真っ赤な実を今の子供たちは見向きもしません。飢えた幼い子供たちの心に大きいしみを残すようなものを学校に植えておくことは、教育上よくなかったのではないでしょうか。

〈萱野 茂『アイヌの碑』朝日新聞社からの抜粋〉

執筆は夕食後と決めていたのは来客との対話を大切にしていたから

萱野茂さんの著作から一冊だけ選ぶのは至難《しなん》の業《わざ》だ。名著が多いからね。そこらの小説家よりもよほど多い。

数ある中からお薦めするのは……と本を紹介する前に、萱野茂さんの人となりを紹介するね。というのはどうにも誤解されているからだ。

たとえば旭岳《ユコマンベツ》で小さな温泉宿をやっている友人に萱野茂さんに会いに行くと言ったら、「高くつくよ」と言われたことがある。

聞くと、ナショナルジオグラフイックの記者が萱野茂さんの写真を撮ろうとしたら「10万円払え」と言われたそうな。「トッカリ《あざらし》は貧乏だから撮影はあきらめた方がいいよ」という忠告なり。

そんな話を聞かされたあと、ドキドキしながら会いに行った。まずは隣の民芸品店に立ち寄り、若い店主に「萱野茂さんに会いに来たんだけど、会ってもらえるかな？」と相談すると、「無理無理。萱野さんは忙しいからアンタになんか会ってくれるわけないよ」と笑われた。

気の弱いおいらは会わずに帰ろうと思った。でも、せめて、萱野さんが館長を務める文化資料館の外観写真だけでも撮影しようと思って資料館の前をうろうろしていたら、母屋《おもや》から萱野茂さんが歩いてきた。
「見学かい？」「はい。いえ、萱野茂さんに会いに来たんですけど、忙しいので会っていただけないと言われたので、せめてこの辺を撮影しようと……」「ぼくが忙しいから会わないなんて誰が言ったの！」

「ということはインタビューしてもいいですか？」「もちろんですよ。さあ、こちらでゆっくり話しましょうね」

　そう言うと、萱野茂さんはおいらを家に招いて、確かに執筆依頼が多くて忙しいけど、朝から夕方までは資料館のお客さんも来るし、トッカリくんのように突然の来客もあるので、原稿は書いていない。執筆しているせいでわざわざ来てくれた訪問客に会えなくなることは自分の主義に反するから。「夕方食事をして、食後20時ごろまで少し寝て、それから起きて原稿を書き始めるんだよ。その方が集中できるの。ぼくは夜行性《やこうせい》だからね」と話してくれた。

「ぼくも原稿は夜書きます」と言うと「トッカリも夜行性なんだね」と笑って、アイノがいかに和人《シャモ》に虐《しいた》げられてきたかを教えてくれた。

「写真がないと原稿が高く売れないから ポンチセ《ちいさないえ》の前でわたしを撮影しなさい」

　初めて聞く話に胸が苦しくなった。「北海道を返しなさい」と言われたので、「はい」と答えたら、萱野さんは静かにうなずいて、物書きとして生きていくためのアドバイスへと話が変わった。取材者として、よほど頼りなく見えたんだろうね。最後にこう言ったんよ。

「カメラを持っているのに、どうして写真を撮りたいと言わないの？写真があるかないかでインタビューの価値は大きく変わるんだよ。遠慮しないで撮りなさい」と。

　撮りたいけど10万円も払えないんです。とはさすがに言えなくて、もじもじしていたら、「誰かに何か言われたのかい？」と見透《みす》かされたので、旭岳温泉で聞いた話をした。すると、萱野さんは哀しい表情になって、真相を教えてくれたんだ。

ナショナルジオグラフイックの取材班が「撮影してもいいか」とも訊《き》かずにいきなりパシャパシャ撮り始めて、そこに立ってとか何をしてと次々に注文した挙句、民族衣装に着替えるようにと言ってきたので、その態度があまりにも横暴非礼《おうぼうひれい》だと憤《いきどお》った萱野さんが「そんなに民族衣装を着た写真を撮りたいなら白老《しらおい》に行って観光アイヌを撮ればいいでしょ。わたしも生活が苦しい時、登別で観光アイヌのアルバイトをしていたことがあるから着替えろと言われたら着替えるけど、観光アイヌだったら10万円も取られるよ」と怒ったそうな。それが10万円よこせと曲解《きょっかい》して伝えられたらしい。噂話《うわさばなし》とはそんなものだ。

萱野茂さんはポンチセ《ちいさないえ》の前に立つと、「この前で撮ると雰囲気が出るからここで撮りなさい」と笑った。「これから札幌に戻るのは大変だから泊まっていきなさい」とも言ってくれた。おいらが遠慮すると、「だったらせめて夕食を食べていきなさい」と叱《しか》るように言った。聞かされていた話とは何もかも違っていた。萱野茂さんって、そんな人。

みんなが書いているカムイユカラより 萱野茂さんの人生の方が断然面白いのです

今思うと、あの時、どうしてもっとずうずうしくなって金田一京助《きんだいちきょうすけ》も止宿した萱野邸に泊めてもらわなかったのだろう、とか、茅葺《かやぶき》屋根に使う茅《かや》を探して欲しいと萱野さんに頼まれた時、どうしてもっと真剣に探さなかったのだろうとか、おいらの人生は後悔ばかりだなぁと思っていたら『アイヌの碑』の中で、萱野さんもいっぱい後悔していた。

たとえば、萱野茂さんが22歳のころ「アイヌであることをすべて捨てよう、忘れよう」と心に決めたため（知らなかった♀）、昭和23年に平取で熊送《イヨマンテ》りの儀式があった際、自分の父親がサケイユシクル（祭司）を務めたにもかかわらず、急ぐ必要のない薪伐《たきぎき》りに行って千載一遇《せんざいいちぐう》の父の晴れ姿を見なかったばかりか、身支度《みじたく》を整えて出かける父親に対して「今どき熊送りとは暇な人もいるものよ」と侮蔑《ぶべつ》の念を抱いたことを悔《く》いているし、金田一京助宅で二人きりで仕事をしていた時、何百年か昔の中国の歴史的建築物の屋根瓦で造った黄色い煉瓦《れんが》の硯《すずり》をプレゼントされたのに遠慮して断った時の金田一京助の悲しげな顔が脳《のう》裏《り》に焼き付いて離れずにいるわけで、萱野茂さんの数ある著作の中からのお薦めは激動の人生の光と影を克明に綴った『アイヌの碑』なり。

『カムイユカラと昔話』（1988年5月発売／小学館）などもアイノの精神世界に触れられて有意義だけど、きれいごとはウポポイにでも任せるとして、それよりも、極私的な萱野茂さんの生きてきた道を一緒に泣き笑いしながらたどる方がアイノのリアルを感じられると確信するので、一冊だけ選ぶとしたら『アイヌの碑』だ。反論はうけつけないぜ。

ちなみに、この堅苦しくてとっつきにくいタイトルは萱野茂さんの案ではない、はずだ。編集者が本文中から拾ってつけたタイトルでなかろうか。というのは萱野さんの書斎で本の話をしていた時、ある本のタイトルがいいですね、とほめたら、萱野さんはちょっと愚痴《ぐち》るような感じで、自分の本のタイトルは気に入っていないのばかりだ。編集者はセンスがよくない。自分だったらもっといいタイトルを付けるのに。そしたらもっと売れるのに。自分でタイトルを付けたのは（今のところ）その一冊しかないよ。それをほめてくれたから嬉しいね。なんて話をした記憶があるのだよ。その一冊がどの本だったのかは忘れてしまったけど、編集者の悪口を言う時の萱野さんの悪戯小僧《いたずらこぞう》みたいにニヤニヤした顔つきはハッキリと覚えている。そうか、おいらはコロコロ笑うだけの馬鹿な一匹海豹《とっかり》だったから、大新聞やテレビ局の看板を背負った記者には言えない悪口を気軽に話してくれたのかもしれないね。「アイヌは人の噂話が大好きなのよ」と、ぐふぐふ笑っていたからなぁ。おいらの中の萱野さんはいつだって笑っていたよ。

一度捨てたアイノ民族に目覚めたのは北大の民俗学研究者への怒りだった

『アイヌの碑』は強制移住の歴史や和人の奴隷《どれい》だった祖父の話などに続いて、周辺のアイノより貧しくて、いつも飢えていたシゲル少年の楽しく悲しい日々が綴られている。事情があってやっと入れた小学校も長期欠席し、勉強についていけないまま卒業してからの青春時代は山仕事の日々だ。鋸《のこぎり》の使い方ばかりうまくなり、萱野組の若き親方としてアイノを捨てると決めた一方、20歳の時に95歳（本当は100歳？）で亡くなった嘉永《かえい》３年（本当は弘化《こうか》元年？）生まれのフチ《おばあさん》がアイノイタㇰで毎夜話してくれたカムイユカㇻや昔話がからだに染みついていた。

萱野茂さんは大正15年生まれなので、昭和20年が20歳だ。

日本軍の新兵器、自分自身が武器になる新兵器に志願し、室蘭で米軍の銃弾にさらされながら敗戦を迎え、たくましく生き続けた。

22歳で捨てたはずのアイノに目覚めるきっかけとなったのは北大の民俗研究者（特にK教授）に対する怒りだった。

仕事から帰る度に祖先から伝わる大切な民具が家から消えていた。

二風谷中の民具を持ち去り、血液検査をするといっては皆がフラフラになるまで採血し、母親の体毛検査までした北大の民俗学者に対する怒りが民族に目覚める原動力になったのだから皮肉な話だよね。

怒ったシゲル青年は稼《かせ》いだ金のうち生活費を差し引いた額をすべてつぎ込んである行動に出た。それが何かは読んでのお楽しみだけど、松前藩の場所請負制度《ばしょうけおいせいど》廃止のために闘った松浦《まつうら》武四郎《たけしろう》を書物で知り、アイノ一番のエリート知里真志保《ちりましほ》に会い、真志保が作る記録映画に協力し、憧れの金田一京助と共にユカㇻの和訳をはじめていくジェットコースター的な展開はノンフィクションの醍醐《だいごみ》味そのものだ。一気読みした後、続編となる『イヨマンテの花矢～続·アイヌの碑』（2005年11月発売／朝日新聞社）を読みたくなること請《う》け合《あ》いなり。

「名前にアイヌとついた食べ物を
たったひとつだけでも残したいんだよ」

本も何冊か出したし、読売新聞に続いて朝日新聞での大きな連載も始まったので、なんとか一人前の物書きになりましたぁという報告に行くと、萱野さんは、あの日の頼りなかった若造が成長したことを目を細めて喜んでくれた。お祝いに何か持たせようとしたけど、突然の訪問で何もないからと自分で育てたトマトを持たせてくれたんよ。

萱野さんのトマト、めちゃめちゃ美味しそうな色してますねぇと言ったら、「美味しいトマトを作らせたらぼくの右に出る人はいないよ」と胸を張って、それから、生まれて初めて水耕栽培の工場を見た時に感動した話をしてくれた。

「えーっ。萱野さんって、農業は土があってなんぼ、みたいな考え方かと思ったら違うんですね」と言うと、「ぼくは新しいことが好きなんだよぉ」と笑った。それから、おいらの顔を見つめた。

「トッカリくん、お願いを聞いてくれないかな。いろんなところに文章を書く機会があるなら、アイヌネギのことをアイヌネギって書いて欲しいんだ。行者ニンニクなんて書かないでさ。名前にアイヌって付いた食べ物をたったひとつだけでも後世《こうせい》に残したいんだよ」

「大丈夫です。行者ニンニクなんて言葉は一度も使ったことがないですよ。キトピロと書いて、ルビがアイヌネギです」

まだアイノという表記にこだわっていなかった頃のおいらがそう言うと、萱野さんは「それが一番いいねぇ」と笑った。

本当はトマトなんかじゃなくて、著書や色紙《しきし》にサインをして欲しいと所望《しょもう》したら応じてくれただろうに、遠慮して言えなかったのだから馬鹿だよ、おいらは。

でもね、どれも自由すぎる形をした萱野さんのトマトは本当に美味しかったんだ。萱野さんの人生のようにギュギュッと濃い味がした。

母の写真の中に番号札を下げたものが一枚あります。血を抜かれ、背中をのぞかれ、番号札を胸に下げさせられ、どのぐらいのお金をもらったものやら……。情けなさそうな顔をしたこの写真を見ていると、母の心の痛みがひしひしと迫ってきます。このようなシャモの学者のふるまいに、わたしはいったいこれでいいのかと、自分に問いかけてみたのです。わが国土アイヌ・モシリを侵《おか》され、言葉を剥奪《はくだつ》され、祖先の遺骨を盗られ、生きたアイヌの血を採られ、わずかに残った生活用具まで持っていかれた。

〈萱野　茂『アイヌの碑』朝日新聞社からの抜粋〉

妻は借りもの
アイノンジョーク

野茂さんの書斎《しょさい》が好きだった。訪ねると自然な流れで書斎に案内され、いろいろな話を聞かせてもらった。トッカリは20代からの縁なので人生のアドバイスが多かったかな。そう、おいらにとっての萱野茂さんは取材対象というより文筆家の大先輩だったんよ。

たとえば、フリーライターと記した名刺を出した途端《とたん》、こっぴどく叱《しか》られたことがある。当時、岩城滉一のドラマで、フリーライターと書いた名刺を出すシーンがかっこよかったので真似てみたら、「フリーライターなんてフワフワしていて一番安っぽいよ。今すぐやめなさい」と本気で叱られた。

しばし悩み、次に会った時、〈オフィスとっかり代表取締役編集長〉の名刺を恐る恐る出したら「いいねぇ」と褒《ほ》めてくれた。なので、おいらの名刺は今でも〈のんびり出版社海豹舎代表取締役編集長〉だ。部下はいない。

架に並んだアルバムを開いていたら世界中の先住民族と触れ合って

いる写真が目に留まった。これはアボリジニと、これはエスキモーと、と眺めていたら「使いたい写真があったら持って行きなさい」と言ってくれた。

では借用書を書きます、と言うと、「アイヌには口約束しかないから、口約束で十分だよ」とまたも叱られた。自分が留守の時に訪ねることがあったら、勝手に書斎に入ってもいいとも言ってくれた。おいらにとって萱野茂さんの書斎がとても居心地がよくてたまらないことがばれていたんだろうね。

んて話を萱野茂さんの葬儀の前に、某新聞のデスクに話したら、周辺にいた記者も含めて驚いた。にわかに信じない人もいた。萱野さんの書斎に入ったことがある人が一人もいなかったからだ。ましてや書斎で撮った写真を持っている新聞社は一社もなかった。

おいらも驚いていると、書斎で撮った写真を遺影《いえい》に使わせてほしいと頼まれたけど、それは断った。そして、萱野茂さんのあの日の言葉を思い出した。

いつものように書斎で話している時のこと。「妻は借りもの」というアイノの精神について教えてもらっていた時のことだ。「人から借りた本は大切に扱ってきれいなまま返すでしょ。それと同じで奥さんはカムイからの借り物で、最後にカムイに返すと思ったら殴ったりひもじくさせたりしないよ」

いい言葉ですねぇ、と真顔《まがお》で聞いていたら、「うちの奥さんはさらにお得よ。博物館に嫁《とつ》いだから古くなるほど大事にされる」。ぷぷーっと噴き出したら、萱野茂さんも噴き出し、隣の部屋にいたれい子さんも笑っていた。

「トッカリくんはいいねぇ。新聞記者はぼくがどれだけ面白い話をしても笑わないで、真剣な顔でメモをするのよ」と言う、その表情がおかしかったので、さらに笑い転げたら、「ご飯を食べていくかい」と萱野さんは上機嫌《じょうきげん》だった。

その笑顔をパシャリと撮影した写真はふたりだけの思い出ってことでいいでしょ。そう思ってしまったのです。

044 イタクイラスト**2**

チクシル／
ル／トイル〔みち〕

明治以前のアイノは馬を持たなかったので馬車や馬鉄はなかったし、該当するアイノ語も存在しなかった。そもそも馬というアイノ語もなかったからね。人力車や荷車も造らなかったので整備された道路はそもそも必要がなく、アイノにとっての道とは隣家に行ったり山に入るための踏み慣らされた小路のことだった。道そのものにカムイは宿らなかったし宗教的な意味もなかったのに対して、昔の中国では道には悪魔が潜んでいると信じられていた。夜道を歩く時は魔除けが必要だったので、身分の低い者の首を斬り落として、その生首を持ち歩いたというのだからぞっとするよね。漢字の道に首という字が入っているのはその名残なんですと。ぶるる。

違星 北斗

コタン／違星北斗歌集

【コタン】草風館／1995年3月15日発売／212頁／本体2000円　【違星北斗歌集】角川ソフィア文庫／2021年6月25日発売／352頁／本体900円

アイヌの研究は同族の手でやりたい、アイヌの復興はアイヌがしなくてはならない強い希望に唆《そそのか》され、嬉しい東京を後にして、再びコタンの人になった。今もアイヌの為《ため》に、アイヌと云《い》ふ言葉の持つ悪い概《がい》念《ねん》を一蹴《いっしゅう》しようと「私はアイヌだ。」と逆宣伝的に叫びながら、淋しい元気を出して闘ひ続けて居る。

〈違星 北斗『コタン』草風館からの抜粋〉

啄木《たくぼく》を知りたくて金田一京助の本を読んでいたら北斗に出会ってしまった

　きっかけは金田一京助だった。

　明治45年4月に26歳の啄木を失ったあとも京助は生きた。その10年後に19歳になったばかりの知里幸恵を失ったあとも京助は生き続けた。啄木のことを深く知りたくて読み始めた金田一京助だけど、京助の人生も興味深いので読み進めたら、大正14年2月、京助43歳の折、ひとりのアイノ青年が成宗《なりむね》（現東京都杉並区）の京助宅を訪ねてきた話が出てくる。この話が面白すぎる。

　青年の名は違星《いぼし》瀧次郎《たきじろう》、23歳。3日前に北海道の余市町から上京してきたばかりの田舎者である。道中、一食の弁当も買わず、牛乳一合《いちごう》だけで上京してきた貧しさがたくましい。

〈日がとっぷり暮れてから、成宗の田圃《たんぼ》をぐるぐるめぐって、私の門前へたどり着いた未知の青年があった。出て会うと、ああうれしい、やっとわかった。ではこれで失礼します。〉

　違星青年は知り合いなど一人もいない東京で、金田一京助と会うことを東京での最大の目的としていた。なので、上京して3日後の午後3時ごろ、成宗の停留所で降りてから5時間かけて一戸一戸の家を尋ね回り、やっとのことで京助宅にたどり着いたのに、田圃の辺りを歩き廻《まわ》って足があまりにも汚れてしまったので、恥ずかしいから上がらずに帰ろうとしたのである。

「とにかく上がりなさい」
　そう言われて京助宅に上がると、深夜までアイノに関する問題についての談義が盛り上がり、親交を深めていったという話を読んだので、誰なんだ、この違星という変わった名の青年は？　と調べたら、〈ウタリの啄木〉と評されるアイノ歌人だと判明した。しかも、

　淋しいか？　俺は俺の願ふことを願のまゝに歩いてるくせに

と、歌も恰好いいのだよ。おまけに『コタン』という同人雑誌まで発行している。やばいな。同類の匂いを感じるぞ。というわけで、すぐに北斗に夢中になっていたのです。

北斗が生前に世に出せた本は
ガリ版刷りの貧しい同人誌が一冊だけ

　ところが、である。どんなに調べても違星北斗が出した本はたったの2冊しかないのだよ。一冊は昭和2年8月、25歳の折に親友の中里凸天《でこてん》と発刊したガリ版同人誌『コタン』創刊号で、もう一冊はそのわずか一年半後に27歳で早逝する直前、寝たきりの病床で『北斗帖』という歌集を出すべくまとめた原稿を没後の昭和5年5月に東京の希望社が発売した『コタン』という遺稿集。どちらも現物の入手は困難で、博物館ぐらいでしかお目にかかれない。現実的に入手できるのは1995年3月に草風館が復刻した遺稿集『コタン』と、2021年6月にKADOKAWAから文庫版で発売された『違星北斗歌集』の2冊だ。遺稿集も含めた北斗の作品を網羅する文庫版は定価で入手可。山本由樹さんの労作なり。

電子書籍だと青空文庫で『北斗帖』を無料で読めるけど、仮名遣いなど原文と違いすぎてオンデマンドで刷ってみても偽物《にせもの》だった。

ちなみに、コタンの意味は集落。神居古潭《カムイコタン》はカムイ《かみさま》の居場所、積丹《シャコタン》はサク・コタンのなまりで夏《サク》の集落《コタン》。漁のために夏だけ暮らす村のことね。生まれ育った余市のコタンを愛していた北斗は同人誌の創刊号にこんな一文を寄せている。

コタン……なんといふ、やさしいひゞきの言葉でせう。コタン。コタン……おゝそこには、辛辣な悪党があるでせうか。気の毒な乞食があるでせうか。いゝえ、ありません。心そのまゝの言葉と正直な行とがあるばかりです。

アイノの展示は充実しているのに 北斗の扱いはあまりにもひど過ぎるぞ

せっかく好きになったのに２冊しかないなんて物足りなさすぎるぞ。しかも、北海道博物館に行っても北斗に関する展示は雑誌『沖縄教育』の複写と遺稿集ぐらいだし、久保寺《くぼでら》逸彦《いつひこ》の久保寺文庫にも北斗に関する記録は全くなかった。北海道博物館の小川正人学芸副館長に確認してもらったので間違いない。エリート久保寺は師匠の金田一京助と違って、アイノイタク《あいのことば》を話せぬ同化《どうか》政策《せいさく》の申し子北斗を文学的な価値なしと切り捨て、同世代の才能を黙殺《もくさつ》したのである。

北海道博物館にないのならと北斗の地元、余市町の町立図書館に行ってみたけど、北斗に関する目新しい資料は皆無《かいむ》だった。余市町史に至っては北斗の引用は全く別の意味の歌に改ざんされていた。そもそも〈アイヌ人には珍しく文才に恵まれていた〉という紹介文は完全にアウトでしょ。先入観的な民族差別が甚だしいぞ。

　思えば、北斗の人生の大半は蔑《さげす》まれてばかりだった。小学校時代は〈泣かない日が無いと云ふ様な惨《みじ》めな逆境にあつた〉〈迫害に堪《た》へ兼ねて、幾度か学校をやめようとしましたが、母の激励によつて、六ケ年の苦しい学校生活に堪へることが出来ました〉と懐述《かいじゅつ》している。

　心の支えだった母とも10歳で死別し、貧しさが病気を招き、重病の床で思想に目覚めた。16歳の折には〈どうも日本て云ふ国家は無理だ。我々の生活の安定をうばいそしてアイヌアイヌと馬鹿にする。正直者でも神様はみて下さらない〉と嘆いている。北斗の民族自立思想はこの頃から始まっている。たとえば、こんな三歌。

　滅び行くアイヌの為めに起つアイヌ　違星北斗の瞳輝く
　見世物に出る様なアイヌ彼等こそ　亡びるものの名によりて死ね
　勇敢を好み悲哀を愛してた　アイヌよアイヌ今何処に居る

世を呪い、人を呪い、手当たり次第に物を叩き割りたくなる暗い青春だった

　違星北斗こと違星瀧次郎が生まれたのは20世紀に入ってまもない明治34年、1901年の暮れだった。正確な日付は残っていない。

　暮れに生まれたけど届け出は翌年元日。昔はよくある話だよね。同世代の作家には函館出身の久生十蘭《ひさおじゅうらん》、横溝《よこみぞ》正史《せいし》、小林《こばやし》秀雄《ひでお》がいる。

金田一京助は違星北斗のことを筆名の北斗でも戸籍上の瀧次郎でもなく、竹次郎と呼んでいた。出生届を出すのを頼んだ人が竹を瀧と聞き間違えて届けてしまったため、戸籍上は瀧次郎でも家族は「竹坊」と呼んでいて、本人も敢《あ》えて竹次郎を使うことが多かったからである。

その金田一京助の『思い出の人々』には竹次郎は八つまで自分がアイノだと知らずに育ったと記されている。八つで尋常小学校にあがって「やいアイヌ、アイヌのくせになんで学校に来る」と罵《ののし》られ、泣いて帰って、両親にわけを尋ねて、そこで初めて自分たち家族がアイノだと知らされたそうな。

北斗の祖父、違星万次郎はモシノシキに行ったことが自慢だった。モシリ(大地)のノシキ(中心)でモシノシキ。東京のことである。幕末期、アイノの最初の留学生として徳川幕府が江戸に招待した18名に祖父万次郎は入っていた。

明治になると開拓使局の雇人、短期雇用の役人となったこともあり、明治6年10月に苗字を持つことが許された12名のアイノのひとりに選ばれている。その折、万次郎の父(北斗の曽祖父《そうそふ》)イコンリキの先祖伝来の記号であるエカシシロシをチガイ・ホシで違星という当て字にして即席で違星姓が誕生したエピソードを北斗はとても気に入っている。

小学校を卒業した北斗は家業の漁師を手伝いつつも、どうして自分はアイノに生まれたんだろうと悩み続けた。余市の町を普通に歩いているだけでも町中の人が自分のことを「アイヌだ、アイヌだ」と馬鹿にしている気がして、しまいには黙って歩いている人さえも心の中で蔑《さげす》んでいる気がしてきて、陰鬱《いんうつ》な青年になり、世を呪い、人を呪い、手当たり次第に物を叩き割ったり暴れ死にたくなっていた。

夜になると尺八を吹きながら月夜の浜を行きつ戻りつ一晩中歩いたり、真っ暗な嵐の晩に磯の岩に座って一晩中尺八を吹くところを村人に目撃されている。暗い青春だ。だからだね。こんな歌を詠んでいる。

人間の仲間をやめてあの様に　ゴメと一緒に飛んで行きたや

民族復興のため、生活のため、病弱なのに旅また旅の人生だったんだ

ところが、ひょんなことから東京府市場協会の事務員としてかなりの高給で働けることとなり上京。上京3日後には憧れの金田一京助に会い、それが縁であちこちで講演の機会も得、伊波普猷《いはふゆう》に認められ、柳田《やなぎだ》國男《くにお》など多くの文化人と出会い、生まれて初めて食べる甘くて美味しいものに感動し、東京暮らしを満喫するんだけど、北斗はふと考えてしまった。こうやって自分がちやほやされるのは才能があるからではなく、ただアイノであるという一点だけではないかと。北海道にいる同朋《ウタリ》たちは今も生活に貧している。東京でアイノ民族の復興を語ってはちやほやされ美味しいものを食べている自分はこれでいいのか。北海道に帰って真の民族復興を目指すべきではないのか、と。登別のバチラー八重子や知里真志保《ちりましほ》にも会いたいので、北斗青年は夢の東京生活を捨て、北海道での貧しい生活に戻る決意を固めたのでした。

東京から戻った24歳の北斗は旅の日々だった。知里真志保に会いに幌別《ほろべつ》(現登別)に行き、白老《しらおい》の土人学校を訪ね、平取《びらとり》でバチェラー幼稚

園を手伝う。これが性に合わず一度余市に戻るけれど、9月からしばし二風谷に落ち着く。ということは6月に生まれたばかりの萱野茂さんと出会っている計算だぞ。

翌昭和２年、25歳になった北斗は2月に余市に戻ると、ウタリ《どうほう》を訪ねる小さな旅をしつつ、ガリ版同人誌『コタン』を創刊する。創刊の辞は〈金がなくて二ケ月以上かゝってやっと生れた創刊号「コタン」は違星北斗と中里凸天の手に成りました。君も病人、俺も病人と云ふ様な苦しい中に本誌は一つの慰安であった。こんど第二号は達者になって金もありたい。そしてコタンにふさわしいのをどうぞ出したい〉。

実際、上野から戻ってからの北斗は貧しかった。貧しさを詠《よ》んだ歌には事欠かない。ほとんどが清貧《せいひん》を詠《うた》っているといってもいいほどだ。

めっきりと寒くなってもシャツはない　薄着の俺は又も風邪ひく
食ふ物も金もないのにくよ〳〵するな　俺の心はのん気なものだ
葉書さえ買ふ金なくて本意ならず　御無沙汰をする俺の貧しさ

26歳になって、やっと世間が才能を認めてくれるようになったんだけど……

北斗は昭和3年4月、26歳の時に一度報《むく》われ、地獄を見ている。

札幌の『志づく』という歌誌が〈違星北斗歌集〉と題した特集を組んだのである。八〇余句を紹介した大特集だ。で、この本を読んだ女性読者から熱烈なファンレターが届いたもんだから北斗は有頂天《うちょうてん》さ。

同月、金田一京助が発表した『慰めなき悲み』に名前こそ出ないけど北斗としか思えないアイノの青年が京助の友人として登場している。

やっと各方面に認められ、北斗の未来が明るく照らされ始めたというのに、鰊漁《にしんりょう》を手伝っている最中に北斗は倒れてしまうんよ。倒れて、実兄の家に身を寄せてからが地獄だった。

4月25日には咳も鼻水も出ると思って明るいところで見たら吐血だったので、暴風雨の中、近所の山岸病院に行って診てもらっている。

山岸病院の山岸《やまぎし》礼三《れいぞう》は星新一の祖父で解剖医の小金井《こがねい》良精《よしきよ》と深い親交があった人だ。良精の奥さんは森鴎外《もりおうがい》の妹で、森鴎外の家には啄木が出入りしていた。山岸礼三と小金井良精と金田一京助は北海道好きという共通点で親しかった。そして、この山岸ドクターが東京を捨てて余市で暮らす決定的な理由となったピリカメノコ（余市でもこれ以上美しい女性はいないと言われていたアイノ女性）との間にできた一粒種が喫茶ヘンリーのマスター、ヘンリー小浪《こなみ》さんだったのだよ。

トッカリが親しくしていたヘンリーさんは正真正銘のアイノで、しかも、北斗の最期《さいご》を看取《みと》ったドクターの実子だったんだ。

ヘンリーさん、もろアイノ顔だったのに、「おれは違うよ」って言っていたのは北斗同様辛い幼少期を過ごしたからなんだろうね。

戦時中、トッカリの祖父一家は浅草から余市の長屋に越してきたんだけど、その折、父が通ったのが大川小学校だ。北斗の近所だったりして。調べれば調べるほど北斗が身近になってきたけど、ひと呼吸。

自分の病気やからだの弱さについて病床で詠んだ歌も多い。

アイヌとして使命のまゝに立つ事を　胸に描いて病気忘れる

健康な身体となってもう一度　燃える希望で打って出でたや

26年と1カ月の短い人生だったけど
魂の歌は100年後の男の心を動かしたよ

北斗は結核を患っていた。16年前に26歳で没した啄木《たくぼく》と同じ病《やまい》だ。

肺病にはキトピロ《アイノネギ》が効くと差し入れされると、せっかく見舞いに来てくれた人を臭い匂いでがっかりさせないかと気にしている。そんなこと気にしてる場合じゃないだろ、と時空を超えて突っ込みたくなる。

死期を悟った北斗は12月に『北斗帖』と題した自選の歌集を病床でまとめている。この原稿は遺稿集『コタン』として北斗の没後発行されることになる。哀しい運命は知里幸恵とどこか似ている。

その後、北斗は危篤状態となり、生死をさまよう中で27歳となり、新年を迎え、昭和4年1月5日に一度意識を取り戻す。しかし翌日の明け方大量の血を吐いたので、辞世《じせい》の歌を詠む。

世の中は何が何やら知らねども　死ぬ事だけは確かなりけり

先日、北斗が愛し、半年ほど暮らした二風谷に建立《こんりゅう》された北斗の歌碑を見に行ったら、金田一京助と萱野茂さんの尽力で建てられたことがわかった。泣きそうになった。時代的に接点がないと思っていた萱野さんと北斗がつながっていたんだもの。碑石にはこう刻まれている。

平取に浴場一つほしいもの　金があったらたてたいものを

余市は少し歩くだけで、松の湯、桜湯、大黒湯など銭湯が何軒もあったけど、アイノの桃源郷二風谷には一軒の銭湯もないので、あのささやかな幸福を二風谷のみんなにお裾分《すそわ》けしたいという優しい歌なり。

コクワ取り

たった独《ひとり》で山奥に入る。淋しいが独は気持がよい。私は常に他人に相槌《あいづち》を打つ癖《くせ》がある。厭《いや》なのだが仕方がない、性分《しょうぶん》なのだから。けれども独になった時は、相槌を打つ様な厭な気苦労から逃れて気楽になる。だから淋しい中にも一人になった時は嬉しい。

コクワなんかどうでもよいのだ。

〈違星 北斗『コタン』草風館からの抜粋〉

ウパシ〔ゆき〕

ウは「互いに」で、
パシは「走る」なので
ウパシは「駆けっこする子」
という意味になってしまう。
アイノは雪のことを
「カムイの国からアイノが
暮らすコタンへと駆けっこ
して遊びにくる兄弟」と
考えていたので、
ウパシという不思議な名前
がつけられたんだろうね。
ちなみにウパシキキリは
直訳すると「ウ（互いに）
パシ（走る）キキリ（虫）」で、
雪虫《ゆきむし》のことなんだって。
雪虫を知らない人は北海道の
知り合いにきいてみてね。

カムイの造形物と無欲のパリモモ

斜路湖畔で温泉宿を営《いとな》んでいるアドイも本を出している。でも、アイノ読本の一冊には選ばなかった。自慢話や提灯《ちょうちん》持ち、大風呂敷《おおぶろしき》は最も嫌うところだからね。悪《あ》しからず。

アドイが書いた本は選ばなかったけど、アドイについて書かれた本は今回選んでいる。赤塚不二夫の片腕で、のちに知里《ちり》むつみの夫となる横山孝雄の『少数民族の旅へ』だ。この本は巻頭のグラビアページからポンニーが登場する。ポンニーはアドイの若き日の名だ。通称ホラ吹きポンニー。南米を一緒に旅した縁で横山孝雄はポンニーと赤塚不二夫を引き合わせる。初対面なのにシャモ、シャモ言われて赤塚不二夫は憤慨《ふんがい》するけど、翌日には「大マジメでいてインチキ臭いところがよい」と打ち解け、赤塚不二夫が死ぬまで、いや死んだあとも家族ぐるみの付き合いが続くことになる。

トッカリもアドイの自慢話やホラ話を何度も聞かされてきたけど、心の奥深くに刺さった話も少なくない。

たとえば、カムイが造ったものと人間が造ったものとの違いの話。とある国の有名な哲学者に両者の違いを問われたアドイは（ここまではホラ話っぽいんだよなぁ）、カムイの造形物、すなわち地球上に存在する自然には直線は存在しないと答えたんですと。

「山を見てください。川を見てください。空に浮かぶ雲を見てください。動物を見てください。樹木を見てください。我々人間の身体にも、この星にも、直線はありません。すべて曲線です。でも人間はすぐ直線を作りたがる」

アドイがそう答えるとどこかの国の有名な哲学者は言葉を失った……という話の自慢話部分を除くと、これは真理だ。アイノに限らず先住民族にとっての芸術は〈自然の再現〉なので、アイノ模様に直線がない理由も頷ける。だからアイノ模様は美しいんだね。アイノの音楽も舞踊も自然の再現なので常に曲線的で、カムイに近い。

アドイと二人で屈斜路湖を筏舟《いかだぶね》で渡ったことがある。アドイは「どうせ釣れないだろうけど」と釣り糸を垂らしながら、アイノは決しておしっこを水のカムイにはしないので、初めて水洗便所に入ったアイノのおばあさんは我慢した、なんて話を教えてくれた。

アドイがあわよくば釣ろうとしていたのはパリモモだ。和名ウグイ。春先の赤腹《アカハラ》以外は食べられたものじゃない、という認識だったけど、屈斜路湖のパリモモは苔《こけ》しか食べていないので身に臭みがないらしい。「アイヌのおばあさんにパリモモ釣れたよ、と言ったら、味を思い出して口の中にヨダレが溜まるぐらい大好物なのさ」と教えてくれた。こういう話が好きだ。

そんな話をしていたら釣り竿《ざお》がしなって大きなパリモモが釣れた。「無欲だと釣れるんだなぁ」とアドイが笑う。

その日の宿の夕食はパリモモの手巻き寿司。うん。美味。フチがよだれを溜めるのももっともな味だったよ。

星 新一

祖父・小金井良精の記

河出書房新社／1974年2月28日発売／B6判456頁／本体1000円　※2004年6月20日発売の河出文庫版（上下巻）もあり

「アイノと言い、アイヌと言う。いずれが正しいかは、彼らの発音をわれわれがどう聞きとるかの問題である。私はどのアイノに聞いても、何度聞いても、ノでもヌでもなく、ちょうどその中間のように感じた。もっとも、いま(昭和10年)の白老アイノなどは、明らかにヌと言うようである。しかし、これは近代教育の影響のせいであろう。私はただ、昔からの慣用を改める根拠は不十分と思い、アイノの呼称をつづけているのである」

〈星 新一 『祖父・小金井良精の記』 河出書房新社からの抜粋〉

アイノという表記に生涯こだわり
アイノの尊厳《そんげん》を守った男の話をしよう

　世界でたった三人だけだと思っていたんよ。アイノという表記にこだわっているのは。松浦武四郎と、武四郎研究の第一人者である秋葉實《みのる》さん、そしておいらの三人だけだと思っていた。そうしたら、いたのだよ、もうひとり、いやふたり。

　幕末の安政《あんせい》5年生まれの解剖学者、小金井《こがねい》良精《よしきよ》も生涯《しょうがい》アイノという表記にこだわり続け、星新一《ほししんいち》もその意思を受け継いでいたことを星新一の書き下ろし長編で知った。

〈それが良精の信念であり、死ぬまでアイノという呼称をやめなかった。良精はこのあとも何回もアイノ調査に（北海道へ）訪れ、アイノ語もあるていど話せるようになった〉。星新一がそう記《しる》している。

　星新一といえばショートショートの神様だ。『Ｎ氏の遊園地』みたいな近未来のＳＦショートショートの第一人者なのに、近未来じゃなくて明治から戦前までの近過去に実在した、Ｎ氏ならぬ小金井良精のことを原稿用紙1300枚という長編で書き下ろしたのには必然性がある。

　小金井良精は星新一を可愛がったおじいちゃんなのだ。母方の祖父なので姓《せい》が違っているけど実の祖父だ。そして尊敬に値する立派な人物なり。信念の人だ。先に書いちゃうけど、この本、鳥肌ものの名著だからね。知里《ちり》幸恵《ゆきえ》の前に紹介するのにはちゃんと理由があるのです。

　小金井良精は東大医学部の名誉教授で、解剖学と人類学の優秀な学者として、野口《のぐち》英世《ひでよ》の面倒を見たり、アインシュタインの来日を世話したりしている。それだけでない。良精が結婚した喜美子の実兄は森林太郎（のちに森鴎外《もりおうがい》というペンネームで『舞姫《まいひめ》』などの名作を発表する明治の文豪）なので、森家には石川啄木《いしかわたくぼく》ら多くの文人も出入りしていたし、妻の喜美子自身も与謝野《よさの》晶子《あきこ》らと一緒に文芸雑誌をつくる才人だったのだよ。このふたりが結婚して生まれたのが星新一の母親で、新一は初孫《ういまご》として良精じいちゃんに可愛がられたのですな。もう、なんだかすごすぎてちびりそうだけど、さらに、もうひとつ。良精はアイノ研究の第一人者でもあったので、金田一京助とも交流があり、というか親友だったんですと。うひゃあ、ちびっちゃった。

東大医学部の教授なのに、偉ぶらず アイノの若者たちと飲み明かしていた

子供時代の星新一が、小金井良精おじいちゃんの部屋に行くと、いつも机の上に頭蓋骨が3個ぐらい転がっていたそうな。解剖学者ならではのエピソードだよね。解剖学者あるあるだ、きっと。

東大医学部を代表する優秀な解剖学者である小金井良精がその一生をかけて研究したテーマが「日本人のルーツは何人《なにじん》か」だった。医学的に根拠のない柳田《やなぎだ》國男《くにお》の南方渡来説に対して、良精は医学的見地からアイノ説を唱えていた。そのためアイノの暮らしに対する関心も高かったわけで、言語学の見地《けんち》からアイノに注目していた金田一京助とは思想的な一致もあって、すぐに親友になったのでした。ちびり。

日本人のルーツを解剖学的に極めたかった小金井良精は暇さえあれば北海道に出かけていた。自他ともに認める北海道好きだったので小樽や札幌といった都市部だけでなく、全道津々浦々《つつうらうら》を訪ねている。

二風谷《にぶたに》では貝澤正《かいざわただし》さんの家族とも会っている。しかも、ここが良精のいいところなんだけど、ただ研究するだけでなく、アイノの若者たちと飲み明かして親睦《しんぼく》を深めたのだよ。アイノが大好きだったのだ。

良精が出会った年配のフチ《おばあさん》やエカシ《おじいさん》は自分たちのことをアイヌとは言わず、アイノと言っていることを良精は聞き逃さなかった。幕末にアイノたちと触れ合った松浦武四郎も同じことを書いている。アイヌは明治になってから元薩摩藩士《さつまはんし》ら明治政府が広めた同化政策用語であり、その意味は「人間」ではなくて「土人《どじん》」だった。

日本人のルーツはアイノであると
昭和天皇に直接報告しているのだよ

解剖学者として中央アジアから東南アジア、ロシアなど世界中の骨格を調べ尽くした小金井良精は揺るぎない結論に達した。

日本人の祖先はアイノである、と発表したんよ。

これには神話《しんわ》を否定された神社関係者をはじめ、南方渡来説をゴリ押しする柳田國男や柳田を支持する東大学長の坪井正五郎《つぼい しょうごろう》が猛反発したけど、小金井良精は世界中の骨格を調べた結果、日本人のルーツはアイノ以外はありえないという主張を曲げなかった。

そして、昭和2年には皇太子《こうたいし》時代から親交があった天皇裕仁《ひろひと》の前で御前講演《ごぜんこうえん》として、「我々日本人のルーツは紛れもなくアイノです。今は北方に追いやられていますが、元々は九州に至るまで、日本の国土の津々浦々まで石器人類であるアイノが暮らしていて、土器や農業を持つ南方からの移住者と混血しながら現在の日本人となっていきました。多くの骨格を調べた結果、間違いありません」と話し、天皇裕仁は大変興味を持って耳を傾けられたそうな。

　神話を妄信《もうしん》する愚かな天皇だったらアイノがルーツなどとんでもないと叱責《しっせき》しただろうけど、科学者でもあった天皇裕仁は実際に頭蓋骨を見比べながら、神妙《しんみょう》に聞き入ったと記してある。

　しかし、良精の説は戦後抹殺される。日本人のルーツは縄文人《じょうもんじん》であるという説が定着したからだ。多くのルーツが混血して日本人になったことに関しては誰も異論を唱《とな》えないけど、そのうちどれが主たるルーツかとなると、学問以外の思想的なファクターが幅を利かせてくる。宗教学者の梅原猛《うめはらたけし》はあらゆる資料を精査《せいさ》した末にこう結論付けている。「日本民族にとって一番大切な言葉『神』の語源はアイヌ語のカムイである」と。民族のルーツを論じるとはそういうことなんだけどね。

ちょっと困ったアイノ青年との交流も
論敵との交流も、優しすぎるのだよ

　小金井良精はこと細かく日記に記していたので、孫の星新一が祖父の本を書くことになった時は資料に困らなかった。ただし、一カ所だけ記述が抜けているエピソードがある。良精の義兄、森鴎外がドイツ

から帰国したあと、ひとりのドイツ人女性が単身、日本に来た部分だ。

鴎外にはドイツで夫婦のように暮らしていた女性がいた。彼女は鴎外が忘れられず、その気になって追いかけてきたわけだけど、鴎外は世間体《せけんてい》の悪さから彼女には一度も会わずに追い返すことにして、その追い返す役をドイツ語が話せるという理由で、義弟《ぎてい》である良精に押し付けちゃったのだよ。森鴎外って、とんでもない屑野郎《くずやろう》ではないか。

文壇《ぶんだん》に籍を置く身である星新一はこの顛末《てんまつ》を詳しく知りたかったんだけど、鴎外の名誉を守るためなんだろうね。日記にはこのことは何も記されていなかった。そのかわり、東京で暮らすアイノの若者の仕事を世話したり、騙《だま》されて小遣いをせびられたり……なんて話は細かく記してあったそうな。読んでいると、あきらかに騙《だま》されていると誰もが気づく展開なのに、良精は東京で生きるアイノの嘘つき青年が憎めなくて、放っておけなかった。いい人なのだよ、小金井良精は。

その優しいまなざしは学歴がないことを理由に東大から徹底的に無視され続けた野口英世にも向けられたし、日本人アイノ説を否定してアイノを侮蔑《ぶべつ》した坪井正五郎ら論敵《ろんてき》にも向けられた。

戦時中の昭和19年10月16日、良精は家族に看《み》取《と》られながら85年の人生を終えている。孫の新一も見送った。この本はそこで終わらない。

良精が旅立った1カ月後に米軍機による焼夷弾《しょういだん》の投下というコスパ重視の戦争犯罪が5カ月続き、東京は焼け野原になる。おじいちゃんの思いが詰まった本郷《ほんごう》の家も、庭も、すべてが焼き尽くされる。原稿用紙1300枚の長編はそこで終わる。小金井良精と星新一、このふたりの胸底《きょうてい》深く秘めた思いが込められたアイノ文学に酔いしれたし。

「先住民族は、アイノであるとの結論に達しましたしだいでございます」

こう結論を申しのべ、良精は話し終えた。一時間十分の講演だった。図骨や脛骨に話が及んだ時には、天皇はお気軽に席をお立ちになり、興味深げにごらんになった。

この国土はかつてアイノのものであった。神話の否定ともいえるものだが、良精にそんな意図などまったくなかった。真理の科学的な追究。その思想を天皇にお伝えすることができればと、ひたすらつとめただけであった。

〈星 新一『祖父・小金井良精の記』河出書房新社からの抜粋〉

070 イタクイラスト4

ウレシパモシリ〔ちきゅう〕

アイノには昔から地球という概念があったそうな。
ウレシパは「育てあう」とか「支え合う」、
モシリは「静かな大地」なので、
ウレシパモシリは「互いに支えあう大地」。
それが地球のことなんだね。互いに支えあっているかな?

知里 幸恵

銀のしずく

草風館／1984年1月1日発売／Ｂ６判188頁／本体1800円　※1997年2月1日発売の復刻版（本体2000円）もあり

私はアイヌであつたことを喜ぶ。私が若《も》しかシサムであつたら、もつと濕《うるおい》ひの無い人間であつたかも知れない。アイヌだの、他の哀れな人々だのゝ存在を知らない人であつたかも知れない。しかし私は涙を知つてゐる。神の試練の鞭《むち》を愛の鞭を受けてゐる。それは感謝すべき事である。アイヌなるが故《ゆえ》に世に見下げられる。それでもよい。自分の同族《ウタリ》が見下げられるのに、私ひとり、ぽつりと見上げられたつて、それが何になる。多くのウタリと共に見下げられた方が嬉しいことなのだ。

〈知里幸恵『銀のしずく』草風館からの抜粋〉

初めて全国発売の本を出したアイノは間違いなく知里幸恵なんだけどさ……

この世に初めて出たアイノによるアイノの本は1923年、大正12年8月に東京の郷土出版社が発行した知《ち》里《り》幸恵《ゆきえ》の『アイヌ神謡集』だ。

それは間違いない。間違いはないんだけど、「よかったねー」「おめでとー」パチパチパチー💭と祝福される出版ではなかった。むしろ悲しみの出版だった。初めてのアイノ本が世に出るまでの経緯を遺稿集『銀のしずく』と金田一京助『北の人』をもとに紹介するね。

幸恵が生まれたのは1903年、明治36年6月8日。幌別村《ほろべつむら》（現在の登別市）の『銀のしずく記念館』のすぐ近くだ。信じられないことに幸恵が生まれ育った家の詳細な場所は特定されていない。知里幸恵ほどの有名人でもアイノに関する記録は曖昧《あいまい》なのさ。

ちなみに、幸恵が生まれた時、余市町の違星《いぼし》北斗《ほくと》は一歳だった。二人は一歳違いの同世代なのである。運命の悪戯《いたずら》はここから始まる。

函館で英国人に学んだので英語も話せてローマ字も書けた母方の教養の高さと同時にクリスチャンとして生きることを受け継いだ幸恵の日記は聖書の言葉で埋め尽くされている。でも、〈幸恵さんは少しもクリスチャンの様には見えなかつた。決して自分の信仰を人に押附《おしつ》けなかつたから〉と金田一京助は記《しる》している。

末弟《ばってい》の真《ま》志《し》保《ほ》が生まれた明治42年、幸恵は旭川市郊外の近文《ちかぶみ》の聖公会伝道所で暮らす伯母、金成《カンナリ》マツのもとに預けられる。金成マツはユカラの伝承者であり、同居するマツの母（幸恵の祖母）モナシノウクもまたユカラを幾夜《いくよ》でも語れる叙事詩人《ユーカラクル》だった。6歳になって間もない幸恵と伯母、祖母との女ばかりの三人暮らしが始まった。

翌年、旭川の尋常《じんじょう》小学校に入学するものの、9月にアイノ専用の土《ど》人《じん》学校が開校したため移籍し、無欠席で通学。素行《そこう》学問ともに優秀な成績で卒業する。にもかかわらず、道立旭川女学校を不合格と判定されてしまう。受験者中最高得点だったにもかかわらずアイノなので不合格になったのではないかという噂が広まるものの判定は覆《くつがえ》らない。

ならばと一年だけ尋常高等小学校に通ってから翌年、旭川区立職業学校を受験して、こちらはあっさり合格する。真志保ら弟たちに送った手紙に「とにかく勉強しなさい」と書いたついでに自分の成績を軽く自慢しているところが人間臭い。

金田一京助曰《いわ》く「この人にしてこの病《やまい》あり」。幸恵は僧帽弁狭窄症《そうぼうべんきょうさくしょう》という病で先天的に心臓が悪かった。片道一里《り》余りの通学は楽ではなかったはずだけど休まずに通い続けた。知里幸恵は根性の人なのである。

15歳の知里幸恵と36歳の金田一京助
ふたりの人生を変えた運命の出会い

幸恵の運命を変えたのは1918年、大正7年の夏だった。カムイユカラの録音でアイノのフチ《おばあさん》を訪ねて歩いていた金田一京助はジョン・バチラーの紹介で、近文村《ちかぶみむら》の教会で暮らす金成マツを訪ねたのである。

マツと同居していた15歳の幸恵と出会った京助は衝撃を受けた。

〈幸恵さんの標準語に堪能《たんのう》なることは、地方出のお嬢さん方では及びもつかない位です。〉

まず幸恵の日本語の言葉遣いの美しさに驚いた。

続いて、学校の成績表を見て〈驚くべき才媛《さいえん》である〉と感嘆《かんたん》し、幸恵が書いた作文を一読すると、実に流麗《りゅうれい》な美文《びぶん》で、誤字がひとつも見出されなかったことに唸《うな》ったそうな。唸りながらも京助は〈さ《そ》ういふ《う》や《よ》うによく和風《シーシャンプリ》に親しんだ勉強の出来るに人に限って、アイヌ風《プリ》は捨てて顧《かえり》みぬもの〉と内心思うのだけど、この世には例外が存在することをすぐに思い知らされる。

〈幸恵さんはアイヌの古文にも堪能で、この種族の傳統的叙事詩《でんとうてきじょじし》の長篇を聴き覚えてゐ《い》た〉からである。

その日、夜更けまで語り合ったあと、京助は思った。〈どのくらゐ伸ばせば伸びるものか、一つ東京へ出て勉強をさして上げたい〉と。

幸恵にとっても人生が変わるほどの衝撃だった。

和人がアイノの精神世界であるカムイユカㇻを文字で残そうと孤軍《こぐん》奮闘《ふうとう》していることにまず驚いた。しかも、金田一京助は当時36歳。洋服姿の知的な男性が、カムイユカㇻがいかに素晴らしい文学であるかを熱く語り、東京に出て勉強をしてみないか、ぼくが面倒みるからと口説くのである。アイノであるために道立女学校を落とされた幸恵があまりにも嬉しい申し出に「わたしも生涯《しょうがい》をその道に捧げたいです」と返答したのも無理なきこと。というか、この学級委員のような返事も額面通りではないとトッカリは思っているんだけどね。

体調が回復したので幸恵は上京を決意したんだけど金田一家には問題が……

運命の出会いの翌年の大正9年春、幸恵が職業学校を卒業したのを見計《みはか》らって、京助は上京するよう正式に申し出た。ここに温度差があった。幸恵は卒業前から気管支カタルを病んでいたため今回は断念すると伝えるけど、実のところ、自分が東京に出たところで、何ができるのかをまだ真剣に考えていなかったのである。

一方の京助は、これほどの才能を遊ばせておくのは惜《お》しいと考え、近文村でも作業ができるようにと大学ノートを2冊送っている。見開きの片側にアイノ語の原詩、片側にその訳文をローマ字でお書きなさいと伝えたところ、ローマ字は読めても書けなかった幸恵は伯母《おば》に習いながらローマ字の練習から始めて、翌10年4月、一冊目のノートを京助宅に送った。時折届く京助からの手紙の熱に圧倒されていた。自分がこれから誰も成《な》しえなかったことを始めるのだという自覚が芽生えてきたので、京助の気持ちにこたえたくて頑張ったのである。

届いたノートを見た京助は期待以上の出来栄《できば》えに笑いが止まらなかった。すぐにでも出版できるクオリティだったからである。

京助は柳田《やなぎだ》國男《くにお》にお願いして、郷土研究社の櫨《ろ》邊《べ》叢書《そうしょ》から出してもらえるよう話をつける。お人好《よ》しの京助はアイノを内心蔑《さげす》んでいる柳田國男を頼ったのだよ。結果、この話にはミソが付く。失敗だった。

浅慮《せんりょ》な京助は浮かれていた。まずは第一集として『アイヌ神謡集』を出版し、次に第二集の『アイヌ俚談《りだん》集』を出し、続いて……むふふとひとり浮かれていた。差別も病気も軽く考えていたのである。

京助の思いに応えるように幸恵の仕事は早かった。一冊目を送ってから半年も経たずに、二冊目、三冊目のノートを京助に送っている。

ノートを送ったあと、旭川の尋常小学校高等科への編入が決まった弟の真志保《ましほ》が幌別村《ほろべつむら》から近文村に越してきて4人での生活が始まる。

それが嬉しかったんだろうね。体調がすっかりよくなった幸恵は翌11年春、京助にこんな手紙を送った。

「健康もまずまず回復してきたので、そろそろ出京してみたいです。迷惑ではありませんか」

大喜びするはずの京助は幸恵の申し出に戸惑った。立て続けに三人の子を失くしたことで子育ての自信を失った妻の静江が体調的にも精神的にも不安定になり、家の雰囲気があまりよくなかったのだ。小学三年生の春彦の下にはまだ乳飲み子の赤ちゃんがいるのだけど、病気で乳が出なくなった静江は神経衰弱《しんけいすいじゃく》も重なって、赤ちゃんが泣いても面倒を見られない時もあり、狭い家に泣き声と叱《しか》り声が響いていた。

しかも、京助はこの春から國學院大學《こくがくいんだいがく》の教授になることが決まっており、4月からは毎朝7時に家を出ると夕方まで家を留守にすることになったのである。住み込みのお手伝いさんを雇《やと》ったとはいえ、こんな状態の我が家に幸恵を招いてもいいのかと躊躇《ちゅうちょ》した。

でも結局、「条件的には好都合《こうつごう》ではないけど、もし上京できるなら心から歓迎します。いつでもいらっしゃい」と書いてしまったのさ。

この弱さが幸恵の人生を狂わせたのだから罪深い八方美人である。

自分は誰かを愛したことがないと生涯言い続けた幸恵が仮祝言《かりしゅうげん》をあげた理由

18歳になり、すっかり年頃の幸恵には上京前、結婚を約束した恋人がいた。5月に上京すると決心した幸恵は4月下旬、名寄《なよろ》に住む恋人を訪ねてそこで仮祝言《かりしゅうげん》をあげている。

さて、この恋。悲劇の恋として美化されがちだけど、実のところはそれほどでもなかったのではないだろうかと思えてならない。それは幸恵の日記や書簡を熟読《じゅくどく》すると見えてくる。

たとえば〈六月の二十七日に出した手紙の返事がやっと七月の二十二日に手に入った。鉛筆の走書《はしりがき》で書いてあることも、私の聞きたいと思ふ《う》ことも何も書いてゐ《い》ない。そして、浮《うわ》ッ調子《ちょうし》なや《よ》うにもとれる〉〈私に愛があるか。お前がお前を愛すると云《い》ふ《う》事のみでなく人を愛する愛を持ってゐるか〉

すぐに上京できなかった本当の理由は幸恵の京助に対する思いに気付き、妻帯者《さいたいしゃ》の和人とあらぬ仲になることを危惧した父親が猛反対したからではなかろうか。そんな父親の心配を払拭《ふっしょく》して、母親に父親を説得して上京の許しを得るために、嫌いではないけど本当の愛があるのかどうか確信の無い相手との仮祝言をあげることで上京の許可を得、京助のもとに向かったと読み解く方が自然な気がするのです。

だって、京助夫婦の幸せを祈る偽善者《ぎぜんしゃ》を演じ続けた幸恵のずるさと哀しさが幸恵の日記から痛いほど読み取れるんだもの。

京助夫婦の幸福を願えば願うほど
切ない本心があふれて出てしまうんだ

　大正11年5月13日、幸恵が上野駅に到着すると、迷う暇もなく京助が迎えに来ていた。ずっと思い描いていた美しい顔がそこにあった。

　京助は人力車を2台頼んで、本郷森川町《ほんごうもりかわちょう》の自宅へと幸恵を連れ帰った。この平屋の小さな家で、京助夫妻と息子の春彦、赤ちゃんの若葉、お手伝いのきくと幸恵の6人暮らしが始まったのである。

　京助は朝早く大学に出かけるので、幸恵が京助と過ごせるのは夜のわずかな時間だけだ。そのわずかな時間は京助の書斎で幸恵が京助にアイノ語《イタク》を教え、京助は幸恵に英語を教えた。

　京助への恋心を悟られぬため、わざと幸せそうに自分の縁談が進んでいることを妻の静江に語る幸恵の言葉を額面通りにとらえた京助は「そうなのか。幸恵は間もなく家庭に入るのか。だったら半年や一年で北海道に帰るんだろうから東京で上の学校に入れても半端になってしまうぞ。本人が学びたいと言っている英語をわたしが教えればいいだろう」と勝手に考えた。これも幸恵を不幸にした。もし学校に行かせていたら幸恵にとって人生初となる同年代の知的な友人ができ、若者ならではのストレス発散もできたかもしれなかったからね。

　東京での幸恵の外出といったら、京助夫人の静江やお手伝いのきくと共に三越や博覧会に行くことばかりで、カフェや映画館には行くことはなかった。幸恵の日記にはどれも愉《たの》しかったと書いてあるけど、この日記の特に静江や若葉《あかちゃん》に関する記述は信用しないでほしいと幸恵自らが訴えている。
〈偽善者とは私の事、ほんとうに私の事。夕方、奥様のお供をして散歩に出かける。夜、赤ちゃんがたいへんお泣きなさる。何《ど》うしたのでせ《しょ》う〉〈赤ちゃんのお腹から葉っぱが出たといふ《う》。嗚呼《ああ》私は何といふ粗忽《そこつ》を昨日はしたのだら《ろ》う。赤ちゃんのお頭を紅葉《もみじ》の細枝に打ちつけた。あの柔らかいお頭を……〉〈赤ちゃんにひっかかれながら庭で遊ぶ。おさなごはほんとうに正直です。赤ちゃんは私が嫌いなんですもの〉という記述はその反対で赤ちゃんが嫌いなのは幸恵だ。京助と静江の愛の結晶が憎らしくて粗忽なふりをして意地悪をしたのである。本当の気持ちや罪を隠して、いい人で居ようとする虚栄心《きょえいしん》が幸恵の日記を違和感だらけにしている。

幸恵はいつかこの日記を京助に読まれることを知っていた。読まれた時、京助に嫌われぬことだけを考えたんだろうね。毎日が楽しいと必要以上に強調し、自分の醜《みにく》い嫉妬心《しっとしん》は抽象的にぼやかし、静江に関する記述は歯が浮くほどほめちぎり、いかに自分が静江を慕《した》い京助夫婦の円満を心から祈っているかを滑稽《こっけい》なほどオーバーに書いている。
〈私は申し上げたい。おいとしい奥様、何《ど》うぞ安心して夫の君の愛におすがり遊ばせ。あのお優しい美しい旦那様はあれ程貴女《あなた》を愛し貴女を支えていらっしゃるぢゃありませんか。奥様は幸福でいらっしゃる〉

愛しい京助さま、好きです、好きです、奥様がうらやましい〜っ💭としかトッカリには読めないよ。ほかに解釈《かいしゃく》があるのなら、ご教示《きょうじ》願いたい。

湯に行く度に地獄を味わった乙女心に気付くことができなかった京助の罪

　苦しみの原因は家の外にもあった。服を着ているとアイノに見られたことがない幸恵も、銭湯に行くと毛深さが和人の視線にさらされた。多感なティーンエイジャーの幸恵はそれが恥ずかしくて恥ずかしくて、ついに銭湯に行かなくなった。かなり言葉を選んでこんな記述である。

〈お湯にゆく。自分の醜《みにく》さを人に見られることを死ぬほどはづかしがる私は何といふ虚栄者なんだらう〉

　庭で行水をしてみたけど、それもすぐにやらなくなる。すると臭くなり、それがまた恥ずかしくなって幸恵も神経衰弱になっていった。

　旅立つ2カ月ほど前、筆まめな幸恵が日記を書くのをやめた。虚栄的な日記を書くことに疲れたんだろうね。京助は乙女心の限界に全く気付かなかった。乙女心に鈍感《どんかん》なのだ。もし、この時、啄木《たくぼく》が生きていたら、幸恵の恋心にすぐに気付いて、乙女心を解せぬ野暮天《やぼてん》京助を叱ったはずだけど、啄木はこの10年前に27歳で去っている。

　もしこの時に、違星《いぼし》北斗《ほくと》が京助の家を訪ねていたら、同じアイノで、しかも同年代の幸恵のよき相談相手になって、男女を越えた友情をはぐくんだかもしれなかったけど、北斗が京助宅を訪ねたのはこの3年後だった。北斗の歌にこんなのがある。

　上京しようと一生懸命コクワ取る　売ったお金がどうも溜《たま》らぬ

　幸恵の存命中に上京する計画を北斗は立てていた。でも、金がたまらなかった。コクワ穫りじゃ東京は無理だってばと突っ込みたくなる。

さすがの幸恵も心身の限界を悟って京助のもとから去ると決めたのに……

6月に19歳になった幸恵は7月下旬には日記が書けなくなるほど心がボキボキ折れ、体調も崩し、8月に入ると「9月25日に近文村に帰ります」と京助に告げている。

婚約者のことはあてにしていなかった。これ以上ここで京助と静江を見ているのが辛かった。その一点だった。

京助は悔《なげ》いた。〈私の家の待遇が、決してこの賢い若い女性を満足さして上げ得ないことの悔恨《かいこん》と、それから来る餘《あま》りに自然な帰結《きけつ》とを私みづから悲しんだ〉。だからだろうね。京助は慰留《いりゅう》した。

大学病院で診察してもらえるようにするから、無理して帰らずに医療施設の整った東京で養生《ようじょう》するといいよ、ね、ね、と説得した。幸恵の心とからだの苦しみを軽く見ていたのである。京助はこの頃、こんな一文を発表していた。

〈今度、その部落に傳《つた》は《わ》る神謡《しんよう》を、發音《はつおん》どほ《お》り厳密にローマ字で書き綴り、それへ自分で日本語の口語譚《こうごやく》を施した『アイヌ神謡集』を公刊することになりました。か弱い婦女子の一生を捧げて、過去幾百千萬《いくひゃくせんまん》の同族をはぐくんだ此《こ》の言葉と傳説《でんせつ》とを一管の筆に危《あやう》く傳《つたえ》へ残して、種族の存在を永遠に記念しようと決心した乙女心こそ美しくも殊勝なものでしかありません。『アイヌ神謡集』はほんの第一集に過ぎません。

今後とも、たとひ家庭の人となつても、生涯の事業として、命のかぎり、この仕事を續《つづ》けて行くと云つて居《お》られます。〉

京助は幸恵の優等生的な表面顔しか見ていなかったんだなぁ。

たった19歳なのに運命も死も受け入れ京助のそばで死ぬと決めたのです

京助に説得されながら幸恵は嬉しかった。帰郷日を家族や知己《ちき》に連絡していたにもかかわらず計画を取りやめた。ずっとそばに居たい気持ちとすぐにでも離れたい気持ちで揺れた末、京助の近くで死ぬる覚悟を決めたのである。だから、大学病院で診察を受けた折、北海道に帰って結婚生活を送るだけの体力が残されていないこと、結婚が叶わぬことを告知されても、これも神の思《おぼ》し召しと受け入れ、京助一家の前では普段と変わらぬ自分を演じ続けた。平静《へいせい》を装《よそお》う血まみれの努力を見抜ける眼力《がんりき》などもちろん京助にはなかった。

そんな京助にはとても気が利《き》く実業家の知己がいた。

渋沢栄一の孫に当たる澁澤敬三《しぶさわけいぞう》だ。銀行経営の傍《かたわ》ら民俗学や化石に興味を持ち、私設の屋根裏博物館を開設したユニークな男は幸恵の直筆ノートを見るなり、「これは後世《こうせい》に残す価値がある。活版屋に直接渡しちゃいけないよ」と叫び、なんと、全文をタイプライターで打ち直してくれたのである。おかげで幸恵の直筆原稿は無事に残された。

澁澤の気遣いには幸恵も感激し、亡《な》くなるその日まで澁澤のタイプ打ち原稿を手放すことはなかった。

『アイヌ神謡集』の校正を終えた直後
金田一京助の腕の中で息絶えたのです

亡くなる五日前、幸恵は婚約相手に手紙を送っている。幸恵の病状を知らせても飛んでこなかったし、幸恵も貯金を崩して切符《きっぷ》を送るようなことはしなかった。

翌日には両親に最後の手紙を送っている。そして、大正11年9月18日の夜、原稿の校正を終えたと同時に幸恵の容態《ようたい》が急変した。

異変に気付いた京助が近所の医師を往診《おうしん》させると動悸《どうき》に効く注射を勧めたけど幸恵は拒《こば》んだ。それは最後の手段だと知っていたからだ。

京助が大学病院に電話をかけている最中、幸恵の体が大きくドクッドクッと脈打った。心臓発作だ。驚いた京助は電話中の受話器を手放し、幸恵のからだを抱きしめると名前を連呼した。

幸恵は二度だけ、「はい」と返事をして、それっきり動かなくなった。19歳だった。愛する美しい人の腕の中だった。

幸恵が旅立った翌年、大正12年8月、『アイヌ神謡集』が刊行された。

一瞬喜んだ京助だけど、櫨《ろ》邊《べ》叢書《そうしょ》の出版目録を見て愕然《がくぜん》とした。著者紹介一覧の知里幸恵にだけ氏が付いていなかったからだ。ほかの著者は氏が付いているのに幸恵だけが軽侮《けいぶ》されていると感じた。

「アイヌの女性だからか？　こんな所にも、やつぱり、さ《そ》ういう差別意識が知らず知らず働いてゐ《い》たのか？」と京助は膝《ひざ》を崩した。

それだけでない。のちに岩波文庫から発売される時、知里幸恵は外国文学に分類された。出版界の優等生的な岩波書店にさえアイノに対する無理解と偏見がはびこっていたのである。アイノによる初のアイノ本『アイヌ神謡集』の出版は歓《よろこ》びばかりじゃなかったんだね。

　だからというわけじゃないけどさ、『アイヌ神謡集』ではなく、知里幸恵の命を懸けた愛の物語としても読める『銀のしずく』の方を泣けるアイノ文学としてお薦めするトッカリなのでした。

私は内心びくりとした。ハテ、私に一《いっ》たい何《ど》んなよいところがあるのか、臆病な卑怯《ひきょう》な心の持主の私の、何処《どこ》が人を感化する力を持ってゐ《い》るのだ。自分で自分をさへ《え》よくする事ができない私ではないか。おゝはづかしい。私にはどんな性癖《くせ》があるのだ。人前をかざる。それではないか。即《すなわ》ち嘘偽《うそいつわり》？ 他人の感情を害《そこな》ふ事を無闇《むやみ》とおそれる私。やはり臆病なのだらう、心にもないお世辞を吐いたりする。人の感情を害《がい》すまいとして、自分の思ふと違ふ、寧《むし》ろ反抗したい事も相槌《あいづち》を打つのが私のくせだ。

〈知里幸恵『銀のしずく』草風館からの抜粋〉

キムンカムイ〔ひぐま〕

キムンカムイを「山の神」と訳すのは正確ではない。
山の神だったらヌプリカムイでもいいはずだからね。
ヌプリは山の麓とか山頂など山の開けた部分を指すので、
ヌプリに棲《す》むクマは悪いクマとされている。
狩猟民族的にキムン《やまおく》は〈日帰りでは往復できない奥深い場所〉なので、
キムンカムイの正しい訳は「山奥深くに棲む神様」だ。
ヒグマはブラックベアー。真昼でも日が届かなくて真っ暗な山奥深くに
棲んでいるから保護色で体毛が黒くなったんよ。
森林伐採という人間の強欲が暗闇《キムン》という棲みかを神様《カムイ》から奪ったから、
そこいらに出てくるようになってしまったんだ。神様に罪はない。
ヒグマは冬になると冬眠するので、エゾシカは安心して角《つの》を落とすし、
森の仲間たちはこうして走り回れるのです。

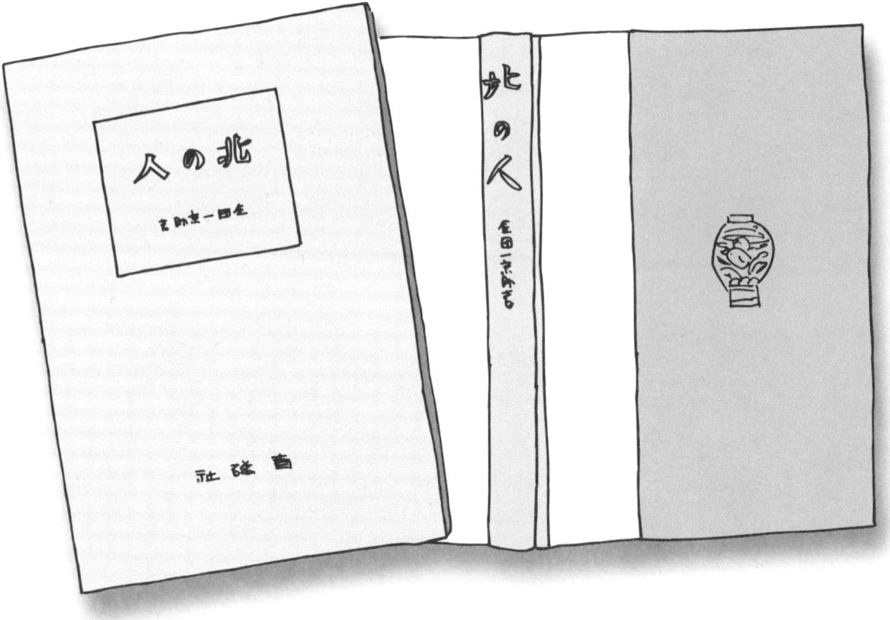

金田一京助

北の人

初版は1934年3月発売　イラストは青磁社／1942年3月20日／B6判304頁／2円50銭　※古書価1500円程度

遅くなつたと氣《き》が附《つ》いた時には、もう旭川行きの終列車が出てしまつた後だつた。「泊つていらつしやいませ。」と云《いい》ひながらも、アイヌ語で口々に「だって明日何を差上げる？」「上げるやうなものがあつて？」と歎《なげ》くのが、私にそれとわかつた。私は、その氣遣《きづか》ひが氣の毒に身にこたへて、「いや、そのことなら何も御心配はいりません。どうか、ジャガ芋を茹《ゆ》でて下さい」と云ふと、わかられまいと思つたアイヌ語の内輪話の、わかられた驚きに笑ひこけながら、「だつてそれではあんまり……」「お氣の毒で……」「お氣の毒だなあ」と顔を見合わせる。

〈金田一京助『北の人』から知里幸恵と出会った「近文の夜」の抜粋〉

時空を超えてすべてのアイノ文学者と かかわった唯ひとりの人物はだーれだ？

　ここまで真面目に読んでいただいた兄姉はあることに気付いてしまったのではなかろうか。萱野茂《かやのしげる》さん、貝澤正《かいざわただし》さん、違星《いぼし》北斗《ほくと》、小金井《こがねい》良精《よしきよ》、知里《ちり》幸恵《ゆきえ》と、生まれた時代が結構違っているアイノ文学者たちの全員とかかわっている兄貴《あにき》が唯《ただ》ひとり存在することを。この人抜きではアイノ文学を語れないという兄貴の名は……そうです。正解！！

　というわけで、金田一京助兄貴の膨大《ぼうだい》なる著作の中から『アイヌ文学』など国語学者の金田一博士として書いた学術本ではなく、ひとりの旅人、ひとりの駄目《だめ》男としての感情を素直に綴った随筆《エッセイ》を紹介したいと思う。というのは、たとえば『北の人』は「知里幸恵さんのこと」や「違星青年」など収録作中ほとんどすべてがアイノに関してだし、『心の小道をめぐって（金田一京助随筆選集１）』もアイノに関する随筆ばかりが収録されているからだ。京助にとって随筆とはアイノとの出会いや別れの記録なのである。ここに至高《しこう》のアイノ文学を見出《みいだ》した次第。

　たとえば、京助が30代前半の頃、北見のとある山間《やまあい》の宿で三日間、じゃが芋だけで凌《しの》いだ時のこと。さすがに、そろそろ別のものを食べてみたいと思っていたら、豆腐汁《とうふじる》が出てきたので京助は大喜びする。でも、何処《どこ》に豆腐があったのだろうと思い、宿のメノコ《あいのがーる》に訊《き》くと、京助のために一丁の豆腐を買いに二里《はちきろ》も三里《じゅうにきろ》も山道を往復してきたとのこと。あれは嬉しかったなぁ、なんて話を知里幸恵に話したら、幸恵は

「何という仕合《しあわ》せな女でせう」と、京助のために尽くしたメノコに焼きもちを焼いた話とか、盲目《もうもく》のアイノ詩人を一カ月ほど自宅で世話をしたところ、そのことに感激した男は日高に帰ると、京助に何かお礼がしたくて、目が見えていた時のことを思い出しながら手探りで鮭獲《しゃけ》りをしてみたそうな。でも、逃げられてしまってやはり一尾も獲れない。結局、彼はその後病死してしまったというのに日高のアイノたちは薄情なのか誰ひとりそのことを京助に教えてくれなかった。だから、幾年か経ってその村を再訪した折に初めてそのことを知った京助が悲しみながら祈っていたら、ひとりのお調子者の若者アイノがやってきて、「ほんに可哀相《かわいそう》な親爺《おやじ》よ。めくらの鮭の一匹もゐ《い》て、めくら親爺の網にかゝつて呉《く》れればよかつたのに」と言ったので哀しみにくれていた京助も思わず笑ってしまったという話が幸恵の一番好きな話で、幸恵は笑い転げたあと、不謹慎《ふきんしん》な女だと思われぬよう、慌てて盲目アイノのために祈りを捧げた。そんな取り繕《つくろ》いさえも京助には美しく見えた。

　ううむ。京助の随筆を読んでも幸恵の思いがあふれているではないか。幸恵を美化するあまり、秘めた禁断の愛を黙殺《もくさつ》する評論だけが世に出ているけど、それって真剣に幸恵の気持ちと向き合ってないよね。

アイノの人差し指は人を差すためにあるわけではないのです

　『北の人』には昭和3年、京助46歳の折に記した「人差指の話」が収蔵されている。これが面白い。というか、これも面白い。

日高のコポアヌ婆《フチ》さんは京助の語学の助手として八度も上京してくれている。京助宅で寝泊りするので、食事も京助家族と一緒にいただくんだけど、京助の妻、静江が「これだけはやめるようにあなたから言ってください」と憤慨《ふんがい》していた習慣がコポアヌ婆さんにはあった。

汁粉《しるこ》でも豚汁《とんじる》でも汁物を食べたあと椀《わん》をベロベロと舐《な》め回すまではいいとして、さらに人差し指で椀の底を舐めるようにすくうのもいいとして、問題はそのあとだった。汁粉や豚汁まみれの指を髪の毛で拭くことが静江には不潔に見えたのである。

京助はコポアヌ婆さんにやめてくれと言わなかった。アイノと共に酒を呑んだ時、椀の底に残った酒を人差し指ですくって自分の頭に付ける習慣をさんざん見てきたからだ。酒に限らず汁粉や肉汁といった御馳走《ごちそう》を口にした時、自分だけ味わうのではなく、自分の守護神《オキクルミ》にも分け与えるために頭髪に塗っているのである。そんな心優しき宗教行為を不潔だからやめてほしいと言えるわけがなかった。

さらに京助は国語学者らしく考察する。日本語の人差し指は英語のindex同様、差す指という意味だけど、中国では「食指が動く」の食指、食べるための指であり、アイノ語もイタンキケムアシケペッ。イタンキは椀、ケムは舐める、アシケペッは指なので、アイノにとって人差し指は椀を舐めるための指なのである。しかも自分のためでなく守護神のために。人を差すための指よりもずっといい気がするなぁ。

金田一京助の随筆集はこんな話であふれかえっているんよ。北海道をくまなく旅して、アイノたちと寝食《しんしょく》を共にした京助にしか書けないアイノ文学がここにある。

アイノ語に対する不屈の研究心を貫《つらぬ》き 神様《カムイ》に生かされた金田一京助の人生

金田一京助とは一体どんな人物だったのだろう。

京助が生まれたのは1882年、明治15年5月5日。場所は岩手県盛岡市。4年後には同じ地で朋友《ほうゆう》の石川啄木が生まれている。

京助は長男だったけど4歳年上の姉がいた。この姉が父親の死後、家督を継ぐことになる。牧野富太郎の例を持ち出すまでもなく、長男が好きな学問を究《きわ》めるには姉の存在が大きいのだよ。蔭《かげ》の尽力者《じんりょくしゃ》なり。

京助は22歳で上京して東京帝国大学文科大学に通う。現在の東京大学文学部だ。上京後しばらくは湯島《ゆしま》、本郷界隈《ほんごうかいわい》に下宿する。

京助の研究テーマは方言《ほうげん》だ。23歳で方言採取《さいしゅ》旅行を始め、明治39年、24歳の折に初めて北海道に渡る。室蘭《むろらん》から上陸して、有珠《うす》、虻田《あぶた》、登別、白老《しらおい》、鵡川《むかわ》……とアイノコタンをまわり、平取《びらとり》でユカㇻに出会う。

弱ったのは両親だ。金銭的に無理をして京助を東京に送り出し、不自由なく暮らせるよう仕送りをしているのは大学卒業後安定した職に就いてもらうためなのに、京助はよりによって就職に縁のなさそうな、どう転んでもお金になりそうもないアイノ語に熱を入れてしまったのである。実際、翌年大学を卒業した京助は東大出なのに無職だった。

このままだとただの親不孝息子になってしまうからと起死回生《きしかいせい》で思いついたのが樺太《からふと》踏査《とうさ》だ。さすがに両親は頼れないので、勝定叔父《おじ》さんに旅費を工面してもらい、樺太アイノのユカㇻを筆録《ひつろく》する旅に出た。

年若い和人の申し出を最初は完全に無視していた樺太アイノも、一回聞いただけで正確に筆録し、本道アイノ語と樺太アイノ語の違いなど的《まと》を射《い》た質問をしてくる京助の語学能力に驚愕《きょうがく》し、こんなに物覚えのいい若者は初めて見たと全面的に協力してくれるようになる。

樺太から戻った京助はものすごい勢いで処女作の『あいぬ文学』を執筆し、中央公論に投稿。翌明治41年の1月号から3月号にかけて掲載され、初めての原稿料を得る。

でも、原稿料だけで生活していくのは大変だと気づき、この年の4月から中学校の嘱託《しょくたく》講師を始める。やっと生活が安定すると思った矢先の4月末に金食い虫の石川啄木が上京してきて予定は狂うのだけど。

実はこの頃、京助には言語学者になる道ともう一本、詩や小説などの文学で原稿料を得たいという野心もあった。でも、すぐ近くに、呼吸をするように歌を詠む天才が居たので、京助は己の才能の無さを思い知り、その道をあきらめて言語学一本で行こうと思った。当の啄木にとっては歌なんて価値のない〈悲しき玩具〉に過ぎなかったんだけどね。

京助は27歳で静江と結婚する。29歳の1月に長女を亡くし、4月には啄木を失ってしまう。失意のまま30歳になって、6月に『新言語学』を処女出版。これから本を出しまくるぞ！ と燃えた9月に父を失い、精神状態がおかしくなる。危うくアイノ語研究の道をあきらめそうになったけど、自分が家督《かとく》を継ぐから京助は自分の道を究《きわ》めるようにと姉が叱咤《しった》したことで京助は言語学で身を立てる覚悟を決める。実際、翌年には母校東京帝都大学からアイノ語調査の嘱託として給金をもらえるようになるのだから、ぼんやりながらも道は開けてきたようだ。

毎年のように北海道を旅する中、33歳で次女、34歳で三女を失い、36歳で妻静江の姉を失う。実はこの義姉が京助の心強い理解者であり生活の支援者でもあったので、京助夫婦は心の支えをなくしてしまう。

家庭状況がよくない中、大正11年の春に知里幸恵が上京。秋に逝去。

これ以降、京助は取り憑《つ》かれたかのようにアイノ本を立て続けに出しまくり、56歳を過ぎたあたりからは国語の本も多数書き始める。

啄木の分も、幸恵の分も、北斗の分も
長生きした京助は偉くなってしまうのさ

昭和29年、71歳の折、昭和天皇に国語の御講を複数回。同年文化勲章を授与。すっかり偉い人になってしまう。なので「京助」と友愛の情を込めた呼び捨てで書くのが似合わなくなるので、70歳以降の金田一京助は皮肉を込めて金田一博士と書くことにするよ。

金田一博士は昭和35年、78歳になっても9月は盛岡《もりおか》、10月は八戸《はちのへ》、前橋、11月は高松、という具合に旅を続け、翌昭和36年も全国を旅する合間《あいま》、6月に登別、10月には函館、札幌、室蘭と北海道に来ている。すごいな。と思ったら、80歳を過ぎても旅の日々なのだよ。ブラボー。

亡くなったのは1971年。って、つい最近でないの。昭和46年11月14日、89歳の大往生なり。啄木の分も、幸恵の分も、北斗の分も、亡くした子供たちの分も長生きしたことで、誰にも成《な》し遂《と》げられなかったカムイユカㇻの和訳を完成させたのだから、神様に生かされた人生だったんだろうね。

アイノから見た金田一京助の人柄は規則正しく暮らす勉強熱心な人うたらし

アイノは金田一京助というアイノ語学者をどう見ていたのだろう。興味深いのは萱野茂さん親子とのかかわりだ。

萱野さんの父、貝沢清太郎の自慢話に、こんなのがある。

「アイヌ語の研究に二風谷《にぶたに》に来た金田一先生が、アイヌの大切な言葉で同じ語尾のものを三つと質問されたので、すかさず、『ノイペ（脳髄《のうずい》）、サンペ（心臓）、パルンペ（舌）』と答えたら、先生はにっこりされて、『シレトッ（器量《きりょう》）、ラメトッ（度胸）、パウェトッ（雄弁《ゆうべん》）』と応酬されて、ふたりで大笑いをした」という話だ。アイノ語が達者でアイノらしく生きていた萱野さんの父は、誰かとアイノ語の話になると、必ずこのエピソードを持ち出しては自慢したそうな。明治生まれの清太郎世代にとっても金田一京助は先生として認める存在だったことがわかる。

ちなみに萱野茂さん本人が初めて金田一博士と出会ったのは昭和37年8月26日、萱野さんが37歳、金田一博士が80歳の折で、場所は萱野さんが民具蒐集《しゅうしゅう》の資金を稼ぐために観光アイノとして働いていた登別温泉だ。正確にはその前年、知里真志保《ちりましほ》の逝去《せいきょ》時に式場の外で車中の金田一先生を一方的に見かけている。その時の感想は「昔から有名な先生なのに若いなぁ」だった。79歳でも若く見える。見合い写真の京助はイケメンそのものだ。メノコたちが夢中になるのも仕方ないのか。

で、その翌年、当時萱野さんが働いていた登別温泉のホテルの同僚だった平賀さだもフチにユカラのわからない言葉を聞きに金田一博士が来道した。金田一博士は80歳になっても自らフチを訪ねて研究していたのである。そのことを知った萱野茂青年は初対面の金田一博士に「邪魔にならないようにしますので勉強ぶりを拝見させてください」と申し出て、朝9時から夜遅くまで近くで見た。博士の質問にさだもフチが答えられない場面が多々あったので、シゲル青年は心の中で、「それはこういう意味なのに……」と思いながら見ていたそうな。勉強終了後に「今日のユカラはこういう意味でしたね」と話しかけると博士は度肝《どぎも》を抜かれたんだろうね。眼鏡《めがね》を上げたり下げたりしながらシゲル青年の顔をじーっと見つめて「この若さでこれほど言葉がわかる人が残っていたとは……。神様に感謝しなくては」と喜び、「これからぼくの勉強を手伝ってください」と握手を求めてきたんですと。

まだ30代の若造だったシゲル青年は感激して、金田一博士の研究の助手を始めたのです。杉並の自宅に伺うこともあったけど、自宅だと途切れることなく来客があり、博士はそのひとりひとりに丁寧に対応するので、何時になっても勉強ができない。そこで、一、二週間、熱海《あたみ》の定宿《じょうやど》、水葉亭で過ごすことが多かったそうな。文豪《ぶんごう》っぽいぞ。

初めて熱海に同行した時、出迎えた女将や仲居たちに金田一博士が「彼はぼくにアイヌ語を教えてくれるためにわざわざ北海道からやってきてくれた、ぼくの先生です」と40歳以上年下のシゲル青年を紹介している。こういうところが人たらしなんだよなぁ。

別館「あけぼの」の間は金田一京助命名で、床《とこ》の間《ま》の掛け軸には「あめつちのそきへのきはみ照りわたる　大きともしび太陽あがる」と本人の筆で書かれている。皇居での歌会で詠んだ歌で、色紙をせがまれるとよくこの歌を書いていたそうな。

ちなみに、先ほど熱海の水葉亭を検索してみたら大江戸物語チェーンになっていた。あけぼのの間にあった床の間の掛け軸はどうなったのだろう。あと、金田一博士の専属仲居だった京子さんは結婚したのだろうか。昔の風情が残るうちに止宿《ししゅく》したかったなぁ。

水葉亭では朝8時に朝食をいただいて、9時から夕方5時までがユカラの勉強と規則正しく過ごしている。長生きの秘訣は規則正しさなのか。豪華な夕食をいただいて、あけぼのの間でふたり床を並べて寝ていると、ある宵《よい》、金田一博士がこんなことをつぶやいたそうな。

「長生きしすぎたので、多くの友人たちを見送ってきたけど、自分が死ぬ時は見送ってくれる友人が居ないから寂しいよ」

京助の人生はまさしく見送る人生だった。子たちを見送り、友を見送り、若き才能を見送ってきた。でも、子供も孫も居るし、こうして今でも慕《した》う人たちがいるのだからいいではないか。ただひとつ言えることは、身近な人の死を、哀しみを、いっぱい知っているからこそ金田一京助の随筆はとても温かい。

金銭感覚はずれていたりするけど サービス精神が旺盛で気前もいいのです

　金田一博士は缶詰状態での長い仕事に疲れると、息抜きに萱野さんを連れてあちこち遊びに出かけたそうな。行き先で湯飲み茶碗に「大室山公園に於いて萱野茂くんとともに。京助」と書いては焼いてもらってプレゼントするなど、根っからの人ったらしなのである。

　一方で金銭感覚は狂っていたと萱野さんは記している。北海道からの旅費として支払われる切符代がひと昔前の計算だったり、払うのを忘れたり、なんてことも何度かあったそうな。きっと萱野さんは「これじゃ足りないよー」と苦笑《にがわら》いしながらも、憧れの金田一先生のためにユカㇻ和訳の協力を続けたんだろうね。

　そんな萱野さんが生真面目《きまじめ》さからやらかしてしまった事件がある。

　いつものように金田一宅で仕事をしていると、博士が黄色い硯《すずり》を取り出して、この硯は何百年か昔の中国の由緒《ゆいしょ》ある建物の屋根瓦《やねがわら》で造った硯だ。これを萱野くんにプレゼントするよ。と言った。博士にしてみたら、こうして手伝ってくれていることへのお礼だったんだろうけど、生真面目な萱野茂さんはその好意を断ったのさ。

〈今でもあの時の先生のお顔が脳裏《のうり》に焼き付いて離れません〉だって。

　知里幸恵だって5円の小遣《こづか》いを喜んでもらっていたのだから、萱野青年ももらっちゃえばよかったのにぃと思うけど、萱野茂さんが金田一博士からもらった宝物は『鉄志玉情《てっしぎょくじょう》』と書かれた色紙一枚なのでした。

出会ってから6年後の昭和43年10月6日、二風谷にて金田一京助歌碑の除幕式が執り行われた。『物も云はじ　声も出さじ　石はただ　全身をもつて　己れを語る』という金田一博士の歌が彫られた石は今でも萱野茂二風谷アイヌ資料館前のどんぐりの木の下に鎮座《ちんざ》している。

除幕式が終わると金田一博士は二風谷小学校で記念講演をして祝賀会に参列、その夜は萱野茂宅に泊まっている。博士は終始楽しそうで、萱野家の表札《ひょうさつ》を書いてくれた、とある。萱野さん宅の表札は金田一京助の筆だったんだね。この時、金田一博士86歳。お元気です。

でも、この除幕式が金田一京助の生涯で最後の北海道となり、3年後の昭和46年に没している。そうか。86歳になっても大好きな北海道に飛んできていたのか。明治生まれの爺《じい》さんって元気だったよなぁ。

アイヌ語のこそこそ話もわかってしまうところが京助の旅を面白くするのだよ

知里幸恵が綴《つづ》った金田一京助の描写はやはり尊敬と愛に満ち溢れている。というか、日記の一節がラブレターにしか読めない。大正11年6月4日、幸恵が18歳、京助が40歳の折の日記から。

〈先生が仰《おっしゃ》る。私が一つの原稿を書くにもこんなに苦しんで書く。誰にもその苦しみは認めては貰《もら》へないけれども、それでもいゝかげんにサラ〳〵と書く事が出来ないと仰る……おゝ何といふ尊い事であらう。何《なん》だか知ら、私は涙が出さうに先生の人格を敬服する……。苦しんで苦しんで出来した物を人はちっとも知ってくれないのに、それでも苦

しまずには書けない……。私は心の中にそれを繰り返し繰り返す〉
〈先生の原稿が出来上がった。何《ど》んなに先生は御安心でせう。苦しんで／＼の賜《たまもの》のよろこび……尊いよろこびぢゃありませんか。私もほんとに嬉しかった〉
〈もう十一時近いだらう。今日もこれで終わる。おや／＼先生はこれからまだおしごとがあるんですって。明日の下調べ……。私は寝ようと思ったが何だか勿体《もったい》なくて寝られない〉

京助のストイックさや勤勉さと同時に、大好きな京助の苦しみは自分の苦しみ、京助の喜びは自分の喜び、好きな人が起きているのだから勿体《もったい》なくて眠れないと言っては睡魔と格闘している乙女心がせつなく伝わってくる。

一方で、京助のお人好《よ》し過ぎる振る舞いを小金井良精《よしきよ》が残している。

昭和2年1月、良精が70歳の折、研究室にひとりのアイノ青年が訪ねてくる。自分のあそこが異常に小さいことで悩んでいる。とっとと追い払えばいいものを良精はたまたま居合わせた人のそれと比較して「著《いちじる》しい差異は認められないから大丈夫だよ」と安心させた。さらに、昼間働きながら夜間中学に通って、北海道に帰って小学校の教師でもしたらいいのではないかと人生相談にも乗っている。お人好しなのだ。

翌月、当時44歳の金田一京助が小金井良精の研究室を訪ねた折、良精が「まじめそうなアイヌの青年だよ。なんとかしてあげたい」と言うと、輪をかけてお人好しの京助は「次に来たらわたしのところに来るように言ってください。仕事を世話しましょう」と男気《おとこぎ》を出してしまい、なんと、就職に有利になるようにと運転免許を取得するまでの生活費と試験にかかわる費用を手渡したのである。ところがこのアイノ青年は運転試験に受からない。そもそも試験を受けたかどうかも怪しい。働く気も勉強する気もまるでないのだから。さすがに合わせる顔がなくなったのかアイノ青年は京助に会いに行かなくなるけど……といったエピソードから見えてくる金田一京助は正真正銘のアイノの味方だ。アイノと啄木に関しては心が広かったのである。好きになったら清濁《せいだく》併《あわ》せ呑む覚悟ができていたのかもしれない。きっとそうだ。

民俗学的考察は柳田國男らの権威に毒されて小金井良精がたどりついた素晴らしい地平を否定しているオバカさんだけど、それを差し引いても金田一京助はアイノを愛していた。言語学者としてアイノ語を研究するだけにとどまらず、個人的に多くのアイノと深くかかわることで言語学を超えてアイノを理解し、アイノを愛したことは偽《いつわ》りなき真実だ。彼の随筆を読まれよ。声が女に似ていたため知里幸恵と間違われて悪戯《いたずら》されてキョトンとしてしまう話とか、面白いのなんのって。

和人が綴ったアイノ文学の最高傑作なり。

おいしい、おいしい、と云ひながら、私がジャガ芋の皮を指先に剥いて頬張ると、三人は「お氣の毒だ」「お氣の毒ねえ」と云ひ笑ひこける。ジャガ芋を頬張りながら、あの廣い蚊帳の中へ、家の人達は、いつ来て寝て、いつ起き出でたかが不思議になつた。その事を尋ねるのに、三人はただ笑つてゐるばかり。根を掘り、葉を掘り、問ひただして私は驚いた。一人の旅の風来坊を、樂々と休ませる爲めに、三人は終夜よもすがら、蚊遣りを焚きながら、爐ばたに坐り明かしたことがわかつたからである。

〈金田一京助『北の人』から知里幸恵と出会った「近文の夜」の抜粋〉

アイノにとって最大の歴史的悲劇

ラ吹きポンニーことアドイの話の続きをするね。と書くと、アドイのことが大好きみたいに思われそうだけど、本当はとても苦手だ。一匹海豹《あざらし》のトッカリは取り巻きを作る人間は押し並《な》べて苦手なのだよ。アドイも自分に自信がないからか常に取り巻きを作り、トッカリが一対一で男同士の話をしに行っても横に女を置きたがる。その不所存に心を閉ざしてしまう。人払いをしてでも常に一対一で向き合った萱野茂さんとの違いがそこにあるぞ。

士山の語源はフチ＝アイノの立派なおばあさんである。初めてアドイからそう聞いた時、熊本の阿蘇《あそ》山の語源はアイノ語《イタク》のアソ＝柴木が多い山です、と書かれた看板を思い出した。

知識としてはわかっていたけど、九州にアイノ語地名の看板があるのを見た時は正直ちびりそうになったもんね。当別町の阿蘇岩など同音の霊山は全国各地にある。フチが富士山の語源というのも荒唐無稽《こうとうむけい》なホラ話だと切り捨てられないのかもしれない。

未《いま》だ定説が定まらない江戸という地名の語源はエトゥ＝嘴《くちばし》で、九州南端の志布志《しぶし》湾はシプシ＝海から突き出た火山がつくった湾ではないかと続くアドイの日本全国アイノ語地名説をトッカリは全否定しない。むしろ肯定的にとらえている。それは〈アイノは蝦夷地《えぞち》や東北の一部に住んでいた先住民である〉という柳田國男や金田一京助、本多勝一が唱える非科学的な邪説を全力で否定しなくてはいけないからだ。

が覚めたのは高校一年の春だった。

一冊の辞書を買った。うれしくていろいろひいているうちに偶然「大化の改新」を開いてトッカリ少年は雷に打たれた。中国の中央集権的律令制度を導入するに当たり、地方分権を訴えて中央集権に反対する蝦夷《えみし》たちを一掃するため、蝦夷《えみし》の頭目である蘇我《そがの》入鹿《いるか》、蘇我《そがの》蝦夷《えみし》親子を斬殺《ざんさつ》し、全国に暮らしていた蝦夷《えみし》たちを北方に追いやったこと、と書かれていたからだ。

日本人はよく中国人を揶揄《やゆ》するけど、文字も、宗教も、そして政治までもが中国からの輸入品ではないか。そして、中国方式を優先するために、645年まで全国で平和に暮らしていた〈ルールに従うことが苦手なアイノたち〉を恐怖と暴力で北方に追いやったのである。

アイノは蝦夷地の先住民であり日本人は南方から渡来したと主張する学者先生たちは7世紀以前の歴史に遡《さかのぼ》ることを意識的にせず、自分の思想に都合がいいようにほんの数世紀しか遡らない歴史歪曲者《れきしわいきょくしゃ》に見えてしまうんよ。

大化の改新はアイノ民族に対するホロコースト的人種差別行為だったと叫んじゃうぞ。うおおおおおおおおっ♀

ッカ＝水はロシアでウオッカになって、英語圏でウォーターになったというアドイ説はお得意のホラ話だけど、ウオッカをワッカのように飲んでしまうトッカリは今日も朝からスミノフに酔いしれつつ、ポンニーが教えてくれた話を反芻《はんすう》しているのでした。

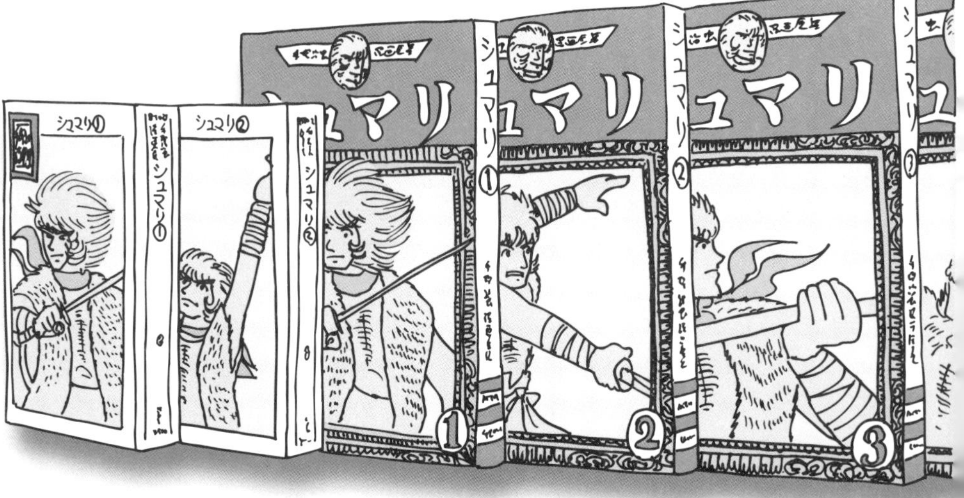

手塚 治虫

シュマリ

イラストは1978年10月～1979年1月発売の手塚治虫漫画全集全4巻と2009年12月発売の手塚治虫文庫全集全2巻／講談社

ぼくには『勇者ダン』という、アイヌの少年を扱ったSF作品があります。再び青年誌でアイヌ問題を扱おうと考えたのは『北海道開拓史』という本で、上川地方のアイヌ大集落の悲惨な歴史を読んだからでした。それもあくまでも内地人の立場から一方的にかいたもので、逆にアイヌ側からかけば、およそちがった内容のものになるだろうと思いました。それで明治初期に、堂々と侵略者である内地人と対決した架空のアイヌのヒーローをえがいてみたい気持ちになりました。

〈手塚治虫『シュマリ』講談社手塚治虫漫画全集4巻あとがきからの抜粋〉

漫画の神様手塚治虫は生涯に2作品アイノ漫画を描いているんだけど……

『シュマリ』は失敗作だと手塚治虫はあとがきに書いている。漫画の神様にも失敗はあるんだね。

小学館の青年漫画雑誌ビッグコミックに『シュマリ』が連載されたのは昭和49年6月10日号～昭和51年4月25日号までの約２年間だ。前頁の引用にもあるように、この12年前に同じ小学館の週刊少年サンデーに『勇者ダン』というアイノの少年を主人公にした冒険漫画を連載している。手塚治虫がアイノを取り上げたのは生涯にこの2作品だけだ。

まずは昭和37年7月～12月に連載された『勇者ダン』を紹介すると、この作品の表紙、トラに乗った少年なのだよ。トラ？　北海道にトラ？と思ったら、山火事が原因で蒸気機関車が脱線した折、旭川動物園行きの貨物からトラが逃げ出すという設定なんだね。野生のトラではなくて脱走トラなら北海道でもありうるのか。

ずっこけたのは『勇者ダン』のダンは主人公の名前じゃなくてトラの名前ってことだ。トラが勇者なのかぁ。少年の名はコタン。北斗が長生きしていたら喜びそうな名前だ。

で、どんな内容かというと、これが駄作《ださく》もいいところなのだよ。

コタンの父、中村ゲンは木彫りや踊りで和人に媚《こ》びながら生計を立てる観光アイノで居ることが情けなくなり、コタンが生まれると村を飛び出して奴隷《どれい》同様の肉体労働者に身を落とし……というところまではアイノ文学として読ませるんだけど、川を流れているうちに謎の地底王国（アイノの神殿）に迷い込んでからは幼稚な秘宝探しになってしまうのさ。アイノについて語られていたのはこんな会話ぐらいだ。

「こぞう、おまえ、アイヌの宝を見つけたらどうする気なんだ？」

「どうもしないよ。アイヌの全部の人に返してあげるんだ」

「ちぇっ、もったいないことをするやつだなぁ」

「そうしなくちゃ。アイヌはやさしいから……。おとうちゃんがそういってた。アイヌはね、昔、内地人に追いつめられて、純血の人は今ほんのわずかしか残っちゃいないって。そして今でもアイヌが独立するために戦っている人がいるって」

　あと、ユカㇻの中で秘宝はキムンカムイ《ひぐまのかみ》とシュマリカムイ《きつねのかみ》のふたりの神様《カムイ》が守っていると歌われているとか、アイノらしさはその程度で、最終的には宇宙人まで持ち出す無茶苦茶な展開は「アイノについて無知だった」とのちに神様本人も反省している。

　作品は駄作だけど、あとがきにはしびれた。

〈『勇者ダン』は『白いパイロット』に続いて少年サンデーに載ったのですが、最初から読者の反響が悪く、しかも締め切りが遅れっぱなしで、ついにこの作品のあとしばらく干されるハメになりました。〉

　『勇者ダン』が連載されたのは昭和37年7月5日号～同年12月23日号。日本初の連続テレビアニメ『鉄腕アトム』の放映が始まったのが昭和38年1月1日。ということは『鉄腕アトム』の準備や製作期間と『勇者ダン』の連載時期はもろにかぶっている。締め切りが遅れたり内容が幼稚だったのは誰も成し遂げられなかった国産アニメの毎週30分放送に挑戦している時期だったからなんだろうね。神様はつらいぜ。

神様が人生で初めて作画終了後に内容を変更した屈辱的作品なのに……

では『シュマリ』はどうかというと、神様本人が言う失敗作どころか文句なしの名作だ。名作なんだけど、設定に違和感を覚える。たとえば主人公シュマリは嫉妬《しっと》深い元旗本《はたもと》で、妻の密通相手を追って蝦夷地《えぞち》にやってきたことになっているけど、どこからどう見てもコシャマインのような風貌《ふうぼう》をしたアイノ青年にしか見えない。そもそも元旗本がシュマリ《きつね》と名乗るわけがないし、無理があるなぁと思ったら、これには同情すべき裏事情があった。

内地からの開拓者たちの征服に抗《あらが》い闘うヒーロー、アイノと内地人の混血青年シュマリの物語！　みたいな連載開始の予告を出したところアイノ団体から抗議がきた、ということになっている。抗議を受けた小学館は主人公をアイノではなくて和人に変更するよう神様手塚治虫に求めた。既《すで》に描き終えた一回目の原稿のフキダシやト書きの文字だけを変更して全く別の設定にするという屈辱的《くつじょくてき》な変更を求められたのだから、苦し紛《まぎ》れの設定になるのも仕方ないのか。

神様手塚治虫本人も〈シュマリはたいへんあいまいな性格の、ぼく自身乗らないヒーローになってしまいました〉と抗議に屈したことを悔《くや》しがっている。

漫画の神様に圧力をかけて内容を全く違うものに変更させるなんて

ウタリ協会は横暴すぎるぞ！　と、若き日、漫画家を目指していたトッカリは憤《いきどお》ってしまったけど、実際にはウタリ協会とは別方向からの圧力があったのではなかろうかと推察することもできる。

　アイノは争い事が起きた時はウコチャランケという話し合いで解決する平和主義の民族なので、すぐに暴力で決着するアイノの主人公は認められない、という抗議がアイノ団体からあったとしてもおかしくないし、確かにそうだよなぁと納得してしまうけど、チャランケはあくまでもアイノ同士の解決方法だ。武器を持った侵入者たちに仲間が殺され、メノコたちが犯されているときに暴力で対抗したアイノがいたとしてもそれは民族思想から逸脱《いつだつ》しない気がする。実際、アイノだってオロンコやコロポックルといった背の低い先住民たちに随分ひどいことをして殺してきたからね。

　たとえば、コタン長《おさ》のエカシ《ろうしんし》が「暴力はいかんよ、シュマリ。おまえもアイノなら、流血沙汰《りゅうけつざた》を嫌い、平和を愛するアイノらしくチャランケで解決しなさい」と諭《さと》す場面を挿入したら、そのあとシュマリが暴力をふるったとしても、アイノ全体としては非暴力主義の民族性であることは表現できたと思うんだよなぁ。

　一方でこうも考えられる。アイノ民族は劣《おと》った民族で日本人は素晴らしい民族だという選民思想を掲げる団体が、正義の英雄であるアイノの青年が悪者である日本人をバッサバッサと斬り捨てる漫画は許さない！　と抗議してきたのではないだろうか、と。

　神様手塚治虫は連載中も抗議がきたため編集部からセリフの変更を要求されたとあとがきでこぼしている。当時の小学館はそんなにもウタリ協会を恐れたのだろうか。仮に1974年当時のウタリ協会にそれだけの迫力があったのなら、漫画に抗議するよりも先に旧土人法の撤廃を政権にぶつけるとか、やるべきことがもっとあったと思う次第。真相は闇の中だぜ、ということにしておこうか。

アイノ言葉がいっぱい出てくるけど
和訳や註釈を付けていないんだね……

　それでも神様手塚治虫はあきらめなかったんだろうね。描き進めるうちに主人公シュマリはどんどん最初の設定のアイノっぽくなっていって、堂々たるアイノ文学に昇華《しょうか》していくのだから。

　物語は戊辰戦争《ぼしんせんそう》が終結して蝦夷地が北海道と改められ開拓使が置かれた1869年、明治2年の夏から始まる。

　おそらく積丹《しゃこたん》半島のどこかだろうか。函館で誤って人を斬ってしまったシュマリはイカメノというピリカメノコ《あいのがーる》を成り行きで助け、彼女の生まれ村である厚沢部《あっさぶ》まで連れて行くことになる。イカメノは可愛らしく鶴の舞を踊ったり刀帯を作ったりする。刀帯はメノコが愛する男に贈るものだ。

　イカメノを送り届けたあと、厚沢部を離れるシュマリにコタン長《おさ》のエカシはこう祈る。

「天と地のつながる果てまでアイヌの土地だ。おまえの行くところは遠い。シュマリよ、オキクルミの守護があるように！」

　そう祈ったあとの絵が素晴らしい。きっと1回目の連載は山の見開きで終わったんだろうな。急な設定変更を迫られる前の、この連載に対する神様手塚治虫の並々ならぬ意欲がこの見開きから伝わってくるよ。文庫では迫力に欠けるので是非とも漫画全集で読んでいただきたい。

ちなみにオキクルミとはアイノの守護神のことね。カムイの国からアイノの村に来て一緒に生活している人間くさい神《カムイラックル》なり。アイノに対しては生活の知恵を授け、神に対してはアイノを守るように働きかけたり、悪さをする神がいたらアイノに成り代わってこらしめたりするある意味最強の神だ。

誰にも従わないシュマリの強情さは 7世紀以前のアイノの特徴そのものだ

五稜郭《ごりょうかく》の軍用金や炭鉱開発一家、人を襲うトノサマバッタ、農作物を食い尽くすネズミ、虎呂利《ころり》、ヒグマと仲良しのアイノ孤児ポンションなど次々に問題が襲ってきて、1875年、明治8年冬、畑作を断念したシュマリが牧場を始めたところで、壮大なアイノ文学の始まりを予感させて1巻は終わる。と思ったのに、石狩幌内熊尻《ほろないくまじり》炭鉱から始まる2巻は愛憎、友情、親子の情、兄妹の情など泣かせどころは増えるんだけど、アイノ色はほとんどなくなってしまう。確かにシュマリたち血のつながらぬ家族三人が地獄の冬を乗り切って迎えた春の描写は素晴らしいし、117頁《ぺーじ》に引用したセリフのようにアイノを意識した言葉も少しはあるんだけど、黒田清隆《くろだ きよたか》や土方歳三《ひじかたとしぞう》まで出てきたりして、これではただの北海道開拓物語ではないか、と思ったら、3巻からまたアイノ色がぐっと濃くなる。
　和人に騙《だま》されて土地を奪《うば》われたアイノたちがシュマリを頼ってやってくる。そうやって住処《すみか》を追われたアイノたちから金目《かねめ》の物を強奪《ごうだつ》しようとする武装集団が現れる。シュマリは共に戦おうとアイノたちに訴えるけど、自分たちの毒矢は獲物《えもの》を獲《と》るためにあるので人間同士の争いには使えないとアイノは主張。あっという間に壊滅《かいめつ》させられてしまう。おいおい、これでは救いがないではないか。アイノたちはどうなるんだ、シュマリはどうなるんだ—、の続きは読んでのお楽しみとして、4巻の終わり近くで、とある登場人物が酒の力を借りつつこんな言葉を叫ぶんだ。
「ぼくはつくづくと思うんですがね……、日本軍なんざぁコテンパンに負けりゃあいいんだ⁉　ぼろくそに負け続けて、日本なんてつぶれちまえばいい……」
「なんてことをいうんだ」
「するとこの北海道はまたふたたびアイヌの手に戻ってくる……ヒック。そこでです⁉　あらためてアイヌ共和国をつくるんでさぁ⁉」
　明治2年から明治28年までという、四半世紀以上におよぶ長編は最後に巧《たく》みに主人公が入れ替わり、ほんの少しだけど正真正銘アイノが主人公の漫画となって幕を下ろす。
　そして、このアイノの青年が言ったセリフにこそ、作者の一番の気持ちが込められているのではないかと思った次第。神様手塚治虫はこの言葉を誰かに言わせたくて、この壮大な物語を描いたんだろうなって思っちゃったよ。誰かとは誰かは自分で読んで確かめておくれ。

「おれが馬を飼うわけを教えてやろうか。この北海道がもともとアイヌのものだからさ……もちろん今でもそうだ。おれはな、アイヌの財産をこれっぱかりも持ち出す気にゃなれねぇんだよ。石炭なんかもだ。やつらが石炭を本土へ送り出す……。おれは反対だな？　おれたちにアイヌの国でできることといえば、連中から土地をちょっぴり借りてよ、そこに牧場をつくるのがせいぜいだ。これなら財産を侵《おか》すことにゃあならんだろうよ」

〈手塚治虫『シュマリ』講談社手塚治虫漫画全集2巻からの抜粋〉

コタンコロカムイ〔しまふくろう〕

コタンは「村」「集落」、コロは「持つ」なので、
コタンコロは「村おさ」。
コタンコロカムイは「村を持つ神様」だ。
アイノはシマフクロウがコタンの護《まも》り神だと考えた。
だからイヨマンテは羆《くま》だけでなく梟《ふくろう》も送ったんだね。
この日のために酒を造り、十分すぎる食べ物を供《そな》え、
美しく飾り付けをして、カムイの国へと送ったんだ。

知床半島の漁村で、どこかの飼い猫が
シマフクロウに連れて行かれる瞬間を
目撃したことがある。翼を広げると畳
一枚もありそうな巨大なフクロウが、
まるでネズミでも捕まえるようにして
猫を捕まえて飛んで行ったので飼い主
は言葉をなくして立ち尽くしていたよ。

阿寒湖のアイヌコタン入り口では木彫のコタンコロカムイが出迎えてくれる。
両羽を大きく広げて、目を見開く凛《り》々《り》しい姿はコタンの護り神そのものだね。

小松 左京

(続)妄想ニッポン紀行

写真は1974年4月15日発売の講談社文庫版／448頁／400円　※古書価400円前後

手塚治虫と星新一がアイノのことを書いたように小松《こまつ》左京《さきょう》もまたアイノについて書いている。ＳＦ作家の想像力は未来に向かうのと同時に過去も照射するんだね。

バイオテクノロジーがテロリストに利用されたらどうなるかを描いた『復活の日』を昭和39年に書き下ろしてから4年後の昭和43年、小松左京は日本交通公社(現JTBパブリッシング)の『旅』に旅行記を約1年間連載しているんよ。

その連載のために昭和42年10月から一年かけて全国各地を旅しているわけで(旅の供は黒川紀章《くろかわきしょう》ね)、その全文を収録したのがこの『(続)妄想ニッポン紀行』だ。(続)でない方の妄想ニッポン紀行とはまるで別物であるところがややこしいぞ。

北海道にも来ている。昭和43年の夏だから半世紀以上前のこと。全国各地からの寄せ集め的な札幌の発展を見て、〈アイヌ二千年の伝統は明治のころにほとんどぶっつぶし〉日本各地や世界からの寄せ集めで発展しているので伝統文化らしいものは見受けられない、と嘆いている。小松左京が嘆いている横で黒川紀章がミニスカートのお嬢さんをお茶に誘ったら「なにスンだ、いやらしい」と東北弁でふられたので、ますます自分たちがどこにいるのかわからなくなるのだった(笑)。

すべてが土地に根付かぬ借り物にしか見えない原因を小松左京は大胆に推論する。札幌農学校のクラーク一派の農業指導が土地に根付かない借り物だったからではなかろうか、と。

〈北海道に一年いただけで有名になったクラーク博士は母校マサチューセッツ大学そっくりの形に札幌農学校をつくっている〉〈黒田長官は薩人《さつじん》の新しもの好きを発揮して、多数の留学生を海外に派遣したけど、その効果は直接は北海道開拓におよばなかった〉とし、北海道に本格的に農業が根付いたのはクラークと関係のない人々が大地にしがみつき、自らの知恵で農地を開発したからだと鼻息を荒げて叫んでいる。

その後も北海道と九州の違いなどを考察しながら、千歳空港から札幌、丘珠空港から釧路、根室まで行ってから中春別《なかしゅんべつ》、弟子屈《てしかが》を通って屈斜路湖《くっしゃろこ》、美幌峠、北見、上川……と道内各地を旅した小松左京は最後にアイノ語《イタク》を用いてこう締めくくるんよ。

〈おお、山の神よ、古き火の神よ、卿《おんみ》らを追いたてた、その最初の一歩において、われわれシャモ《わじん》はある種の誤りをおかし、それがあとあとまで尾を引いているのではなかろうか?　あの心ひろやかな、魂《たましい》美《うる》わしきアイヌの人々を、今日のみじめに追いこみはじめた時、内地人は、この土地の先住者たちより「土地の魂」をのりうつしてもらうことに失敗し、そのため長らくこの土地を本当に心から「わが土地」とすることができなかったのではあるまいか?
——そのことを、いつかあななたちと、とっくり話し合って見なければならぬ。〉

こんな終わり方の紀行文、しびれます。

石森 延男

梨の花 ～マンロー先生とアイヌたち～

文藝春秋／1972年11月20日発売／四六判
376頁／850円 ※古書価は1000円ぐらい

マンローがどんな人物だったかは星新一が『祖父・小金井《こがねい》良精《よしきよ》の記』に引用した紹介文がわかりやすい。

〈ニール・ゴードン・マンローは文久《ぶんきゅう》3年(1863年)英国エジンバラに生まれ、横浜の病院の招きで明治26年来日。明治38年に帰化。医師としてのかたわら、先住民族としてのアイヌに関心を持ち、昭和5年には北海道日高二風谷《にぶたに》のアイヌ集落に入り、診療所を設け、生活を共にしながらアイヌ研究を進めた。しかし、研究が進むにつれ、結核などの病苦と生活苦にあえぐアイヌの悲惨《ひさん》さに心を打たれ、この地にとどまってアイヌの人々を救おうと決心した。この間、ロンドンにアイヌ研究の原稿を送り、その原稿料で薬などを購入、医療活動を続けた。昭和12年には日本人のチヨと結婚。しかし第二次大戦の戦火が広がるとともに本国からの送金が絶え、栄養失調で病床《びょうしょう》に伏し、昭和17年4月、さびしく息を引き取った。79歳だった。〉

引用のあと星新一はこう続けている。

〈信念に生きた、ひとつの人生である。このような人物がいたとは知らなかった。良精の日記にその名が出てくる。〉

　マンローと小金井良精の交友は明治39年からマンローが没するまで続く。〈熊祭《イヨマンテ》の見物に自宅へ来てとまれと招待されたぐらいだから、かなり親しかったように思える。〉〈マンローに関して、もっと知りたくてならない。良精とは長い期間にわたる友人であった。〉と締められている。こちらも俄然《がぜん》マンローを知りたくなったので、『映し出されたアイヌ文化〜英国人医師マンローの伝えた映像』という本を買ってみたけどとてもお薦めできない本だった。

　マンローの本のように装いながら国立歴史民俗博物館の人たちが書いているので、マンローの人柄が全く伝わってこない。〈マンローとアイヌの男性〉という具合に、ほとんどのアイノが名なしだ。酋長《しゅうちょう》でさえも名なしだ。こんな非礼があるだろうか。同時代を生きた金田一京助の本なら「ワカルパ翁と若き日の著者」というようにすべてのアイノの名前が記されている。もちろんマンロー本人が書いた本ならこんなことにならなかったんだろうけどね。

　かといって本人著作の和訳本は存在しないのでマンローを紹介した最初の本、石森《いしもり》延男《のぶお》の『梨の花』を紹介するね。

　昭和44年初夏、金田一京助の米寿《べいじゅ》を祝う会の席上、隣に居合わせた萱野茂さんが「肺結核が広がって全村滅亡の危機に瀕していたニプタニを献身的治療で救ったのがマンロー先生でした」と教えてくれたので、マンローについて調べてみたら、これほどの人物にもかかわらず彼について書かれた本が一冊も出ていないことに石森延男は驚嘆《きょうたん》。ならば自分が記録を残さなくては、と、二風谷や軽井沢はもちろん、未亡人の千代さんを神戸に訪ね、お手伝いをしていた青木とめさんに会いに行き、ついにはマンローの故郷スコットランドまで足を延ばすなど取材に次ぐ取材を重ねて書き上げた労作が本作なのです。

横山 孝雄

少数民族の旅へ

横山孝雄
少数民族の旅へ
私は無責任なひとりの放浪者に過ぎなかった、ペルーの首都リマの下町でアイヌ衣裳を身にまとった奇妙な日本人に出逢うまでは……。
新潮社版■定価1000円

新潮社／1984年8月30日発売／四六判／200頁／1000円　※古書価も1000円前後

『アイヌって知ってる？』など漫画家横山《よこやま》孝雄《たかお》のアイノ本を5冊持っている。持っているんだけど、ああ、ごめんなさい。正直に告白するよ。画風が苦手なのです。これぱかりは仕方ない。だけど、文章は気に入っている。特に心理描写の巧《うま》さにうなられるので、漫画を封印して文章だけで勝負した『少数民族の旅へ』をお薦めするのです。

タイトル通り、リマやアンデス、アリゾナなど世界中の少数民族を訪ね歩いた紀行文で、国内では阿寒や登別のアイノを訪ねている。それが面白い。何しろ旅の同行者は高校時代からの友人、赤塚不二夫だからね。文章の巧《たく》みな紀行本にギャグ漫画の神様が登場することで秀逸《しゅういつ》なアイノ文学が誕生した次第《しだい》。

フジオ・プロダクションの専務をしつつ漫画家でもあった横山孝雄は南米旅から戻ってすぐの昭和49年9月、赤塚不二夫ボスのベンツで苫小牧港から北海道に上陸する。運転手はボスで同行者は金髪のバニーなど美女2名。このユダヤ系アメリカ人の金髪女性が最初に立ち寄った白老でいい仕事をする。

ポロト湖畔を白髭《しろひげ》の老アイノが歩いていた。バニーがどうしても彼と話したいと言うのでお願いすると、ビアカフェに連れて行かれ、何を質問しても観光客向けのありきたりな答えしか返ってこない。バニーの興《きょう》が急激に冷めていく。白髭じいさんが片面にショップの広告がカラー印刷された名刺を配り始めたのがトドメになってバニーはついに舌打ちをする。観光客に媚《こ》びる少数民族の卑《いや》しい態度に失望したのだ。

ところが何十年も観光アイノとして生きてきた老人には失望された理由が全くわからない。そんな哀しい血が染みついた土地にウポポイが建った。多くのバニーを生んでいることだろう。

支笏湖《しこつこ》、札幌、小樽、層雲峡《そううんきょう》とまわって、阿寒湖《あかんこ》に着いた一行はとある木彫りの店に入る。ポンニーの店だ。現在の丸木舟ということは、そう、ポンニーとは若き日のアドイの呼び名なり。アドイについては60頁を読まれたし。

ポンニーと初めて出会った赤塚不二夫は「ヨコヤマのやつ、場違いなところへ連れてきやがって」とムシャクシャする。アドイの芝居がかった演出も苦手だし、自分たちのことをシャモと呼ぶのが我慢ならなかった。赤塚不二夫はシャモが和人に対する侮蔑語《ぶべつご》だという知識などなかったのに言葉の響きだけで不愉快になったのだ。横山孝雄は〈差別される側の態度が差別意識を持たなかった者に新しい差別心を植え付けた〉と分析している。名考察なり。

ところが翌日、ランチにジンギスカンをご馳走してくれた時、食べ過ぎて大きな腹をさするアドイを見た赤塚不二夫は「インチキくさいところが良い」と心を開く。この時から始まった二人の友情は赤塚不二夫が逝《い》く日まで続く。

横山孝雄が知《ち》里《り》幸恵《ゆきえ》の姪《めい》にあたる知里むつみさんと結婚する時の話もいい。アイノを美化しないからこそアイノの真実が描けている極上アイノ文学なり。

別冊太陽

先住民アイヌ民族

平凡社／2004年11月20日発売／A4版変形
164頁／本体2800円　※古書価2000円前後

3000円の雑誌なんて誰が買うんだろう。とつぶやきながらも買ってしまったのが別冊太陽『先住民アイヌ民族』だ。正確には雑誌《magazine》のような装丁だけど書籍《book》のように広告が入らないムック《mook》なり。

表紙をめくると非シンメトリーなアイノアートが載っている。アイノアートの基本はカムイの顔を描くことだと聞いたことがあるトッカリとしてはいささか抵抗がある。ヒグマ《キムンカムイ》の顔にしてもシマフクロウ《コタンコロカムイ》の顔にしても神の顔は完全な左右対称《シンメトリー》で、実際ほぼすべてのアイノ模様はシンメトリーだ。だからカムイから逸脱《いつだつ》した非シンメトリーな絵をアイノアートと銘《めい》打《う》つのは納得できない。アイノが描いた非凡《ひぼん》な絵とアイノアートは別物の気がするなぁとつぶやきながら頁《ページ》をめくると、池澤《いけざわ》夏樹《なつき》の見開き巻頭言《かんとうげん》からアイノにゆかりのある風景写真、歴史や文化の薄味《うすあじ》な解説へと流れていく。抜海《ばっかい》の写真が目を引いた。海岸線の丘の上に大きな岩が露頭《ろとう》していて海の向こうに利尻富士《りしりふじ》が淡《あわ》く見えている。抜海はアイノ語だと子を背負う者という意味のパッカイ・ペ。確かにそう見える風景だ。北海道知事の無能さから2025年3月で廃止される北海道にある日本海側唯一《ゆいいつ》の駅、抜海駅《ばっかいえき》から歩いて見に行きたいなぁと思ったのは若干《じゃっかん》鉄分が濃いからなり。

アイノ分が濃くなるのは薄味解説のあとの祈り、儀式、宗教観について特集した50頁超だ。ただし、絵も写真もすべて各地の博物館からの拝借物ばかりだけどね。頁を進めると次の人物特集にしびれてしまった。長い時間見惚れたのは阿寒湖温泉の木彫職人、藤戸《ふじと》竹喜《たけき》を紹介している8頁だ。生前何度か話したことがあるけど、手と頭だけのヒグマとか、毛の一本一本まで彫り込んだオオカミとか、洋服のシワまで再現した日川善次郎像とか、写真だけで鳥肌が立ってしまったよ。

最後の特集は知里幸恵とバチェラー八重子。特集の冒頭に知里むつみさんのインタビューが載っている。彼女は横山孝雄との共著の『アイヌ語会話イラスト事典』以外に著作がないので貴重な記録だ。知里幸恵の父母（むつみさんの祖父母）や叔父の高吉（むつみさんの父）のことを書いている。幸恵は近文《ちかぶみ》で伯母《おば》と祖母と三人で暮らしていたので、残された幸恵の日記や金田一京助の記録からは両親や叔父の様子はあまり見えない。離れて暮らす幸恵の父親が娘の上京、幸恵が京助のもとに行くことを猛反対したので、父に上京を認めさせるよう母ナミに説得してもらったこと、訃報《ふほう》が届いてすぐに上京したのは他でもない高吉だったことが記されている。この頁のためだけにこの本を買う価値があるぞ。

巻末にはアイノ関連の用語集、アイノ関連書籍の読書案内、アイノ文化を紹介している博物館や資料館の一覧、アイノ関連の年表が載っている。至《いた》れり尽《つ》くせりではないか。20年前の本だけど、その内容は今も新鮮なのです。

手島圭三郎＋藤村久和

エタㇱペカムイ

絵本塾出版／2010年9月発売／B5版変形
本文本文40頁／本体1500円で今も発売中

『風の神とオキクルミ』『きつねのハイクンテレケ』『銀のしずくランラン…』『アイヌ ネノアン アイヌ』『パヨカカムイ』『青いヌプキナの沼』『火の雨 氷の雨』などなど、アイノの絵本はいっぱいある。ユカㇻのようなアイノの昔話と絵本は親和性《しんわせい》が高いからね。

その中から一冊、と言われたら手島圭三郎の絵本が真っ先に思い浮かぶ。中でも藤村久和《ふじむらひさかず》の文、手島圭三郎の絵による『カムイ・ユーカラの世界』シリーズが絵も文も素朴で一番好きだ。

脚軽白狐《あしがるしろきつね》の『ケマコㇱネカムイ』、梟《ふくろう》の『カムイチカㇷ゚』、雪兎《ゆきうさぎ》の『イソポカムイ』、シギの『チピヤㇰカムイ』など動物が主人公の話ばかりで、シリーズすべてにカムイと付いているけど、この場合のカムイは単純に神を指していないと聞いて納得した。本来、キタキツネやユキウサギにカムイは付かないからね。著者の藤村久和は前文でこう説明している。

〈生身の人間が立ち向かうことのでき

ない一群、すなわち人なみ以上の力量や能力のある陸海獣、毒草、妖怪、自然現象、それに病気や死者などもカムイに含まれる〉ということで、普段はカムイが付かない海獣トドも超巨大な暴君《ぼうくん》トドとなると、たとえ悪いパワーの持ち主であってもカムイになるんだね。『エタㇱペカムイ』の登場である。

絵本は〈カニユッチー、ユッチ〉というユカㇻの繰り返し掛け声で始まる。掛け声そのものはユカㇻを構成するうえで意味があるけど、掛け声の言葉には意味がない。沖縄の歌のアイヤ、イヤササみたいなものだろうか。歌にはよくある意味なし言葉だ。

主人公は山のように大きなトド。追われているトッカリ《あざらし》が鮭ぐらいの大きさに見えるからかなり大きいぞ。

弱いものいじめばかりしている暴君トドはある日の昼寝中、高い山の麓《ふもと》に、とても大きくて、頭がよくて、力持ちのヒグマがいることを耳にしたものだから、どちらが強いか確かめずにいられなくなり……という物語なんだけど、予想外の不思議な展開になるので、後半は読んでのお楽しみということで。

このシリーズに限らず、ユカㇻをベースにしているアイノ絵本は最後が教訓で終わることが多い。

〈だからいまいるアイヌよ。雷がなるときは静かにしているものだよ〉とか〈だからいまいるアイヌよ。どんな道具でも大切にすると、道具の神は必ず恩を返してくれるものだよ〉みたいに。

この教訓を目にする度、村上春樹のエッセイを思い出してしまう。村上春樹の奥さんは小説を読み終わると「つまりこの話はこういう教訓があるのね」みたいに、どんな小説にも教訓を求めちゃうみたいなエッセイだったと思う。

暴君トドの話も最後は教訓で終わる。結構きつめの教訓で終わる。でも、手島圭三郎の絵がいいので絵本全体としては説教臭さは全くない。だからだろうね。何度でも読み返したくなる魅力がある。つまり名作アイノ文学なり。

編纂主任　坂清三郎

芽室村發達史

芽室村役場／1925年（大正14年）6月発行
刊行会長、喜多辰蔵／編纂主任、坂清三郎

各市町村の郷土史《きょうどし》は驚くほど詳しくアイノの実情を記《しる》している。各地の郷土史研究家たちは先住民抜きでは郷土を語れないことを心得《こころえ》ているからだ。

市町村史は在野《ざいや》の名もなき文士《ぶんし》たちの腕の見せ所なので、書き手の思いがあふれる文に出会うことも少なくない。

中でも印象に残っているのは大正14年に発行された『芽室村發達史《めむろむらはったつし》』だ。製本された書籍ではなく、二孔紐綴《にこうひもと》じの事務的な冊子だけど編纂《へんさん》主任坂清三郎《さかせいざぶろう》の筆は読み手を過去へと誘《いざな》う。仮に当時60歳とすると、坂清三郎が生まれたのは慶応《けいおう》元年。記憶を途絶えさせてはいけないという使命感が〈本稿を結ばんとするに際し、十勝の語源《ごげん》に因《ちな》める傳説《でんせつ》を掲《かか》げて参考に供《きょう》さん〉で始まる次の一文を書かせたと想像できる。

〈往昔《おうじゃく》コロポツクル種族が種族保護の爲《た》めに愛奴《あいぬ》種族と刃《やいば》を交《まじ》ゆるや不幸にして勝利あらず。彼等は十勝川に投じ、悲惨《ひさん》なる最後を遂《と》げるに至《いた》り、悲命《ひめい》を嘆《なげ》きつつ「トカチップ、トカチップ」と連呼し､遂に水底に消え失《う》せたと云《い》ふ。〉

平和主義のはずのアイノが同じ先住民族のコロポックルを壊滅《かいめつ》させたと記されている。松浦武四郎の『知床日誌《しれとこにっし》』でもアイノがコロポックルを全滅させた夜の様子が詳しく書かれているのでそのことには驚かない。驚くのは戦《いくさ》を仕掛けたのがコロポックル側ということだ。体格的に勝ち目のないコロポックルはどうしてアイノに勝負を挑《いど》んだのだろう。その理由は身投げする前にコロポックルたちが叫んだ「トカチップ」という言葉に込められている。

〈トカチップとは此《こ》の乳枯れよ、腐敗《ふはい》せよとの意味で、愛奴《あいぬ》種族を痛く呪《のろ》ひたる怨恨《えんこん》の叫びである〉。「乳枯れよ」は「子孫が絶えろ」という怨念《おんねん》言葉だ。

手元の資料には十勝の語源は「乳房のある所」「沼の枯れる所」「幽霊」と書かれている。「乳房の枯れる所」は的外《まとはず》れでない。坂の文章は続く。

〈コロポックル人種は生来《せいらい》従順なので、あとから住まうようになった愛奴《あいぬ》人種を深く愛撫《あいぶ》したるが、或《あ》る時、一人の愛奴《あいぬ》がコロポックルの一婦人を挑みし依り、是《これ》を怨《うら》んだ忘恩《ぼうおん》の輩《やから》は、乳を失ふて死せと叫びたる意味なりとも伝ふ。〉

翻訳《ほんやく》すると、コロポックルが先住していた十勝に体格のいいアイノたちが移住してきた。お人好しのコロポックルはアイノに優しく尽くしたのに、アイノはコロポックルの女に手を出すようになったし、女たちもアイノになびいていったので、妻や彼女を奪われたコロポックルの男たちは「貴様の子孫なんて途絶えやがれ」と捨て台詞を叫びつつ「このままだと女たちはみんなアイノに奪われてしまう。民族存亡《そんぼう》の危機だ。亡《ほろ》びの日を座して待つより女たちを取り戻すために戦おう」と壮絶《そうぜつ》な覚悟で戦いを挑んだ。でも、こてんぱんに敗退。女たちも帰ろうとしない。もう生きていても仕方ないよ。せめてあいつらの子孫が途絶えるように呪いながら死のうと「トカチップ」と叫びながら十勝のコロポックルは川底に消えたのでした……という話なり。

こんな未知の歴史が市町村史には残されている。これも立派なアイノ文学。

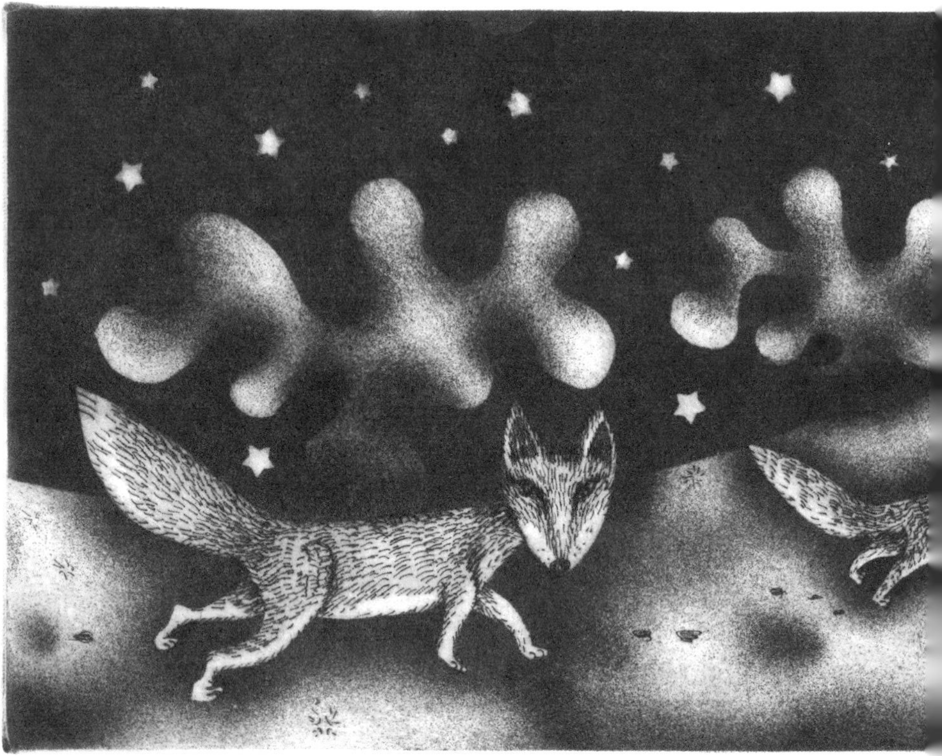

チロンヌㇷ゚／シュマリ／ケマコㇱネカムイ〔きつね〕

キツネのアイノイタㇰは三つある。チロンヌㇷ゚は「我ら殺す者」と悪魔的だけど、ケ

マコシネカムイは「脚の軽い神様」でカムイだったりするんだね。

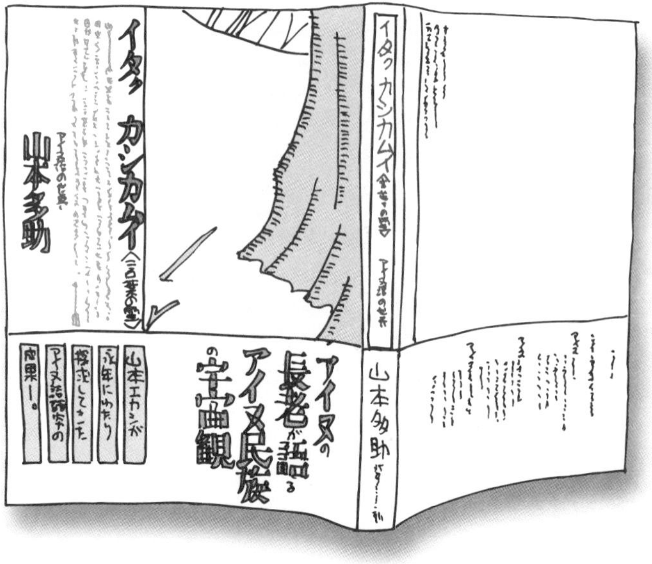

山本 多助

イタク カシカムイ

北海道大学図書刊行会／1991年5月10日発売／198mm×154mm 184頁／本体2400円 ※古書価2000円ほど

白人女性は今度はあぐらを組んで、最前、私のやったアイヌの礼式をやり出しながら、「この人はヤッポンシケー日本人ではない。アイノだ、アイノだ」という。そこで私も「日本の国の住人でアイヌ民族の一人である」と語った。あとでわかったことだがこの六人組の狩人は二組の若夫婦と二人の老人で、白人女性の父親がロシカイーロシヤ人、母はアイノだった。

現代ではアイヌという民族名称が定着しているが古い時代にはアイノが一般的な呼び名であった。

〈山本多助『イタク　カシカムイ』北海道大学図書刊行会からの抜粋〉

若き日、「北海道をアイノに返せ」とからんできた老人が多助エカシだった

二十歳《はたち》かそこらの頃、阿寒湖のアイノ部落の坂で路上飲みをしていたら、白髭《しろひげ》のアイノ老人にからまれたことがある。何かイベントが終わったあとだったんだろうね。坂のあちこちで路上飲みをしている人たちがいて、とっても楽しい雰囲気だった。

白髭のアイノ老人がどこから来たか訊《き》くので、札幌からだと言うと、「北海道をアイノに返しておまえらは出ていきなさい」と初対面なのに怒られた。からまれた。困ったな。おれは北海道が好きだからヨソに行く気はないよと言うと、アイノ老人はニヤリと笑って、「だったら、ちゃんと知りなさい」と言った。ついでに、アイノ語《イタク》に「いい言葉」を期待したってないよ、悪口とかスケベな言葉ばかりだからさぁとか、彼女ができたら上の口も下の口も満足させないとだめだよなどと楽しそうに言いながら去って行った。

近くにいたアイノマダムに、今のエロ爺《じじぃ》誰？　と訊いたら、「有名な山本《やまもと》多助《たすけ》さんだよ、あんた知らないの？」と笑われた。知らんよ。当時はアイノに興味なんてない若造《わかぞう》だったからね。その夜の出来事がどれほどすごいことかなんて知る由《よし》もなかったのさ。

山本多助翁《エカシ》は明治37年7月に釧路市春採《はるとり》のアイノ部落で生まれている。違星《いぼし》北斗《ほくと》よりも三年、知里《ちり》幸恵《ゆきえ》よりも一年後輩だ。早逝《そうせい》した二人は若いままだから、白髭が年下と言われると不思議な感じがするよね。

アイヌという名は明治以降の新呼称で もともとはアイノだったと認めているぞ

多助翁《エカシ》は〈明治、大正、昭和の三代にわたって同族の文化研究、アイヌ語の研究、アイヌ語地名の調査を行ない、北海道東北地域のアイヌの方言単語を五万五千語収録した〉と自著で本人が説明しているように、誰に頼まれたわけでもないのにアイノ語の研究を始め、昭和51年には『アイヌ語小事典』を発行。単著は平凡社から発売された『怪鳥フリュー』や『カムイ・ユーカラ』など10冊を超えている。

中でも、言葉にこだわり、言葉はどこから生まれたのかを探し求めた多助翁の集大成といえる一冊が今回お薦めする『イタㇰ カシカムイ』《言葉の霊》だ。

ちなみに、135ページに引用したように、アイヌは明治以降の新しい呼称で、元々はアイノだったという研究結果も記されている。松浦武四郎や小金井《こがねい》良精《よしきよ》の耳が正しかったことが裏付けられているぞ。

巻頭の〈言葉の源泉を訪ねる旅の物語〉は 時空を超えたアイノ文学の名作なり

さて『イタㇰ カシカムイ』、タイトル通り言葉にこだわり抜いた内容になっている。〈学者、読むべからずの書〉と謳《うた》うだけあってエロ過激な内容も含まれているけど、たとえば巻頭の〈言葉の源泉を訪ねて〉

は裸族やコロポックルといった絶滅民族たちがいきいきと登場する一方で、懐中電灯や自動ドアといった今日的文明の利器も登場するので頭の中が？《ハテナ》だらけになる。でも、これは想像力を共有すべき夢物語なのだと気付くと、一編の上質なアイノ文学としての深い味わいに酔いしれることができるのだよ。名作です。

すべてのアイノ語は女性のあそこから始まったというのが山本多助説なのだ

第二部からは多助節ともいえる持論《じろん》が展開される。〈アイヌ民族の言葉の発祥は性行動を原点として男女の陰部《いんぶ》名称から生まれ、育ち、言葉の合成に寄って新たな言葉が生まれて現在のように発達した〉というのが多助理論の原点だ。それも女性言葉が先だという。

たとえば、アイノ語《イタク》では男性のシンボルをツエと呼ぶ。ツは女性性器の名称で、エは食べること。女性性器の食べものとして男性性器の呼称が創造されたと多助翁は力説する。巻末の『アイヌ語音内意辞典』によると、ニは樹木や木材のことであるのと同時に完全勃起の男性性器の意味であるし、ヌは熱い温泉であるのと同時に濡れた女性性器の意味を持っていたりする。

幼女の陰部はメンコイ。北海道弁で「可愛い」という意味の「めんこい」の語源はアイノ語のエロ言葉だったんだね。然《さ》もありなん。

それだけではない。帝《みかど》もアイノ語だと書かれている。ミは女核、カは「その上」、ドは男性性器、つまり、女体の上で誰よりも多く突起物を使用できる立場を指すそうな。ううむ。これは逆差別的なこじつけに思えなくもないけど、多助説によると、マツリ（祭）もオドリ（踊り）も祖語レベルではエロアイノ語が語源ということで、エロはともかく、日本民族の根幹をなす重要な言葉の多くがアイノ語由来ということになる。これは日本語の「神」よりもアイノ語の〈カムイ〉の方が先にできた言葉である、という梅原猛《うめはらたけし》の研究結果と矛盾していない気がする。異論もありましょうが、山本多助翁の考えはそういうことなり。

日本全国の地名はアイノ語由来が多く国内にとどまらないという研究結果

地名に関してはエロ祖語抜きでの大胆な説が開陳《かいちん》されている。

たとえば、水戸《みと》や三津《みと》、弥刀《みと》、水門《みと》などはすべてアイノ語のミ（短い）ト（崎）だし、別府温泉の別府はペッ（川）プド（尻）で本流が海に流れるところ、大分県の庄内や全国各地の庄内川の庄内はシ（はるかな）ヨウ（奥行き深い）ナイ（川）というアイノ語由来であるなど多くの例を挙げて全国各地に残るアイノ語地名を紹介している。

国内だけでない、鮭はシペ、越冬はリヤなので、シベリヤは鮭が越冬する地というアイノ語だし、バイカル湖は夏期間は舟で、冬は氷結した湖面を犬ぞりで通るという具合に一年中通路として使われているので、パイカイ（往復）ル（路）というアイノ語由来だと説いている。そういえば屈斜路コタンのアドイもロシアのウォッカはアイノ語のワッカが語源だとホラを吹いていたなぁ。

言葉は老衰し、やがて死んでいくけど
アイノ語は日本語の中で今も生きている

生涯を言葉の研究に捧げた太助翁は言葉について、こう書いている。

〈言葉というものは父母、祖父母もあり、兄弟姉妹もあるのです〉

〈言葉というものはそれぞれに霊が備わっているものです〉

〈言葉というものは子孫を生み、老衰し、死亡するものです〉

そして、到達したのは「アイノ語は滅んでなんていません。日本語の祖語として日本語の中に生き永らえています」という結論だった。

漢字が中国から輸入されるよりもずっと前から日本語はあったのだから、日本語のルーツを考察するときはまず漢字を外して言葉の音だけで考えなくてはならない。多くの言語学者はアイノ語のユ（湯の意）は日本語の湯をアイノが用いたというけど、順番的にそれはあり得ないのではなかろうか。だって、アイノにとっての湯は和人の存在より先にあったのだから、和人からの輸入言葉であるわけがないよね。ここに差別がある。崇高《すうこう》な日本語が劣《おと》ったアイノの言葉を用いているわけがない、という非学問的な差別、プライドや感情だけの醜い差別だ。

そんな差別と闘ってきたから、あの日、多助翁《エカシ》は突然からんできて、何も考えていなかった若造に「北海道で暮らしていきたいなら、ちゃんと知りなさい」と言ったんだろうね。

あの日から40年。いろいろと知って、やっと出したこの本もきっと差別されるんだろうね。ちゃんと知ろうとしない人たちに。

九州島に三度渡って、旧地名の研究調査を重ねた。鹿児島県内の男たちが自己を表現する際には、古語以前の祖語のアイヌ語をいまだに使用していて実にすばらしい。それは「オイドン」である。尻部の名詞がオ、その存在や場所を指す語がイ、突起した男性性器がト（ド）、前記三音の助音の役割語がンだ。オイドンを意訳すると、尻部に突起物をもっている我、となる。「我こそは男でござる」と意気高らかに男たちは自己を表現しているのだ。

〈山本多助『イタク　カシカムイ』北海道大学図書刊行会からの抜粋〉

武四郎はアイノを愛農と書いたのです

イノは新しい技術が大好きで、新技術を取り入れるのが得意だったと聞いて失望するのは和人の勝手なり。

たとえば、アマッポ。もしくはクワリ。動物が通ると自動で矢を放つ〈仕掛け弓〉のことだけど、各地のアイノが導入していたのだよ。無人で矢を放つ自動弓が普及したのはアイノが「新しもの好き」だったからだ。

材料はクネニ（オンコ）、タッ（ガンビの皮）、トペニ（イタヤ）など。クマを射止める大型のアマッポから、キツネ、タヌキ用の小型アマッポまでサイズはいろいろあった。クマ用アマッポはトリカブトを塗った毒矢を放つのでクマを仕留める確率が高かった反面、間違って人に刺さると死亡事故につながった。知里幸恵の祖父ハエプトも、明治37年、幸恵が1歳の折、誤ってクマ狩りのアマッポに当たって亡くなっている。

それでも、新しもの好きのアイノは新しい技術をこぞって導入した。

そういえば萱野茂さんもトマトの水

耕栽培に挑戦していたっけ。土を使わない新農法を嘲《あざけ》るどころか新しい発想と技術に敬意を払い、実践していた。

うなのだよ。アイノは狩猟民族の側面もあるけど、農業だって普通にしていたのだよ。ここがポイント。

江戸時代末期、武四郎が各地のコタンを訪ねた折、頻繁《ひんぱん》に訴えられたことは「我々の農業を返してほしい」だった。アイノは狩猟もする定住農耕民族だったのである。ところが、コシャマインやシャクシャインを持ち出すまでもなく武力反乱を恐れた場所《ばしょ》請負人《うけおいにん》たちが武器となりそうな農具をすべて取り上げたために農業を続けられなくなっていただけのことだ。だからこそ、武四郎に「我々の農業を返してほしい」と訴えた。農業を与えてほしいではなく、返してほしい、と。具体的には種と農具を欲していた。つまり収穫に向けた知識と技術は皆持ち得ていたことになる。昨日今日覚えたばかりの農業ではなかったという証《あかし》だよね。

武四郎はその思いを汲んで蝦夷日誌《えぞにっし》にアイノを「愛農」と記すことがあった。〈農耕を愛する民〉だと強く感じたからだろうね。

海道に開拓農民が移住してくるのは明治8年以降なので、武四郎が6度にわたる蝦夷地《えぞち》探索をした江戸時代末期、日本人による農業は蝦夷地には存在しなかった。場所請負人がアイノに農業を教えることもおそらくなかった。それなのに全道各地のアイノたちは農業を知っていた。この事実を無視してでもアイノは非定住の狩猟民族だと決めつけたい人たちはなんとしても「アイノは農業も知らない発展途上の野蛮人」にしたいだけなんだろうね。

野茂さんは自分が育てた野菜をよくお裾《すそ》分《わ》けしてくれた。見るからに美味しそうだとほめると「アイヌはほめ上手な人が好きだよ」と、採れたての大きなトマトを山ほど持たせてくれた。萱野茂さんのトマトはお世辞抜きで美味しかった。

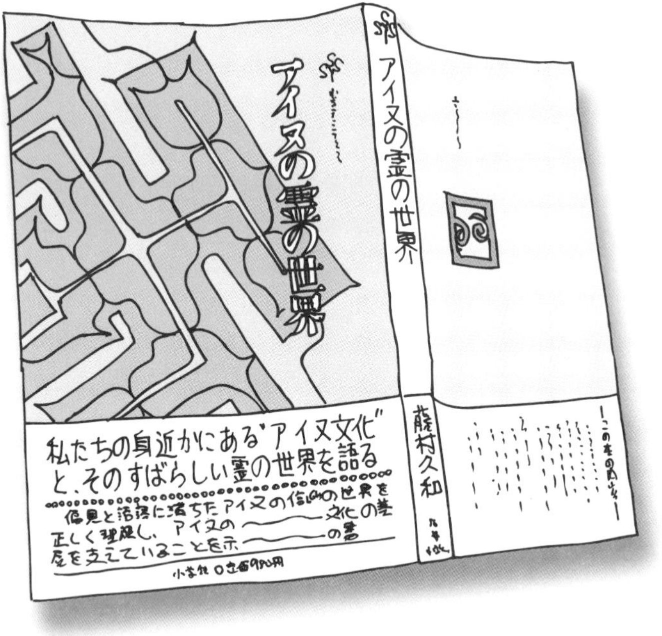
アイヌの霊の世界
アイヌの霊の世界
私たちの身近かにある"アイヌ文化"
と、そのすばらしい霊の世界を語る
藤村久和

藤村　久和

アイヌの霊の世界

小学館／1982年12月15日発売／四六判194頁／本体980円　※古書サイトで1500円前後で入手可

明治41年に金田一京助が樺太《からふと》へ行ったとき、すでに樺太のアイヌ語は落ち穂《ぼ》を拾《ひろ》うごときであった。樺太でそのときにすでに落ち穂拾いなのですから、それから62年後の昭和45年の北海道では落ち穂もないだろう。落ち穂は秋になって霜《しも》が降りると穂から粒がみな落ちますね。穂から落ちたところに水が流れていて、そこから流れて行って最終的に溜まるところがあるのだろう。その辺を探したら、もみの一粒くらい、あるいは半粒でも拾えるかもしれない。そう思ってやりだしたのです。

〈藤村久和『アイヌの霊の世界』小学館からの抜粋〉

アイノにアイノ語《イタク》を教えている先生も 30歳までは全く話せなかったのだよ

藤村久和《ふじむらひさかず》のアイノ本は絵本も含めると10冊以上持っている。どれも面白いけど、対談《たいだん》や鼎談《ていだん》ものがたまらなくいい。面白過ぎて、読むと頭がクラクラして心臓の鼓動《こどう》が激しくなってしまう。危険な本だ。

中でも傑作なのは梅原猛《うめはらたけし》と共著の『アイヌ学の夜明け』なんだけど、その8年前、藤村久和が42歳の時に出した『アイヌの霊の世界』を何気なく読み返してみたら、この一冊に著者の原点と、哲学者梅原猛のアイノ考察の芯がぎゅぎゅっと詰め込まれていて、あまりの面白さにのけぞっちゃったので、こちらをお薦めするね。

そもそも藤村久和は何者なのかというと、和人なのにアイノにアイノ語《イタク》を教えているアイノ語の先生で、アイノからの信頼は絶大だ。

30歳までは兄姉と同じで、カムイとか、ピリカとか、簡単な単語がいくつかわかるぐらいだった藤村青年が、いかにしてアイノ語を習得して、アイノたちに教えられるまでになったのかが『アイヌの霊の世界』に書かれている。これがすこぶる面白い。

藤村久和は昭和15年、札幌生まれ。母ひとり子ひとりの母子家庭で育ち、北海道教育大学で考古学を学ぶ。通学可能な札幌市内在住なのに事情があって学生寮に入ったことが幸《さいわ》いして、夜間に半端な破片《はへん》をつなぎあわせて土器を形にしていく喜びを知り、土器から縄文《じょうもん》、アイノへと興味《きょうみ》が広がっていった。

大学卒業後、昭和38年4月から札幌郊外の小学校に赴任するものの、考古学や民俗学を究《きわ》めたかったんだろうね。昭和44年4月に北海道開拓記念館の研究職員に転職。北方民族、特にアイノ民族に関する調査の担当となる。その時の心境《しんきょう》がこう綴《つづ》られている。
〈だがアイヌ文化は考古学でいう破壊された遺跡のようであり、古老が語る話は広大な大地に散乱する土器片《どきへん》、石器片《せっきへん》そのものであった。しかし、あの小さな土器片でさえ時間をかけて接合すれば立派な土器に再生したことを考えたら、アイヌ文化という超大型の土器の復元に自らの一生という時間をかければ必ずや器形の一部を見ることができるに違いない。可能性があるのなら、私自身それに向かって自らを燃やし、燃えつきたい〉
藤村久和はめちゃめちゃ熱い人なのである。

アイノ語《イタク》を覚えたのはお世話になった おばあちゃんへの恩返しだったんだね

大学時代、考古学のフィールドワーク中に父のように慕っていた恩師からふたつのアイノ語地名を教わる。アイノ語《イタク》との出会いだ。でも、当時の藤村青年は考古学を学ぶ上で言葉はそれほど重要じゃないと考えていたので、その時は自分からほかのアイノ語地名を尋ねるようなこともなく興味は深まらなかった。宗教や風習、文化、言葉、哲学を分割せず、すべてを知らなくては考古学や民俗学は究められないと知るのはずっと後のことだ。

北海道開拓記念館のアイノ民族担当になった時もアイノ語は聞くことも話すこともできなかった。なので、阿寒《あかん》のフチ《おばあちゃん》から神々の物語を聞かせてもらう折、せっかくやってくれても意味がわからなかったら申し訳ないし、自分も勉強したいので、先にその物語のあらましを日本語で話してもらってからアイノ語で話してもらうことにした。

〈そうすると、おばあちゃんがアイヌ語で話したときに、ぼくはそれなりに頭のなかで、この言葉はここにあった、こういう言葉が入っているからこの辺まできたのだなということがわかる〉

フチがいいよと応じてくれたので、何回か通っているうちに少しずつ単語を覚えるようになり、繰り返し聞いているうちに意味は正確にわからなくてもアイノ語の物語をひとつ暗記してしまったそうな。これは金田一京助や弟子の久保寺逸彦にはできなかった画期的《かっきてき》方法だぞ。

そんなある日、フチの家を訪ねたら風邪《かぜ》で寝込んでいた。こんな時に研究どころではないと思い、明日にでも帰ろうかなと告げると、帰ったらもう二度と会えなくなるとフチが言った。死期を悟《さと》っているのだ。驚いた藤村久和は考えた。多くのことを教えてもらったお礼にぼくには何ができるだろう、と。お金をやろうか、美味しいものを買おうか、いや違う。一番の恩返しは教わったアイノ語の物語を話せるようになった姿を見てもらうことだ。でも、上手に話す自信がない。だからといって葬式の席で上手に話してもなんの意味もない。つたなくても今話そう。そう思って、教えてもらった神々の物語を枕の横で話し始めたら、付け焼刃的丸暗記なので途中で言葉に詰まる。するとフチが手伝ってくれて、また自分で話し始める。言葉に詰まるとフチが手伝ってくれて、また自分で話す。そうやって最後までやり遂《と》げると「たいしてうまいよ」とほめられたことに感動し、気をよくした藤村青年はその物語をほかのコタンで話してみたんですと。

すると、何度通っても物語を教えてくれなかったフチたちが、ここの村にも似た話があるよ、こんな話もあるよと次々に物語を教えてくれるようになったので、何日も泊まってはアイノ語を覚えていったのでした。藤村青年は当時30歳。30歳からでも言葉は覚えられるという熱い話であり、心に響く一編のアイノ文学でもある。

この話を横で聞いていた梅原猛が「ぼくは55歳だから今からでは覚えられないなぁ」と笑ったけど、なんと、梅原猛はそれからアイノ語をめちゃめちゃ勉強するのだよ。ブラボー。

あと、鼎談のもうひとりの参加者、成田《なりた》得平《とくへい》というアイノ紳士の話によると、藤村久和のアイノ語の先生は阿寒の山本多助《たすけ》エカシだったそうな。そうか、神々の話を教えてくれた四宅《したく》ヤエフチ《おばあちゃん》といい、多助エカシ《おじいちゃん》といい、藤村久和が阿寒湖温泉のアイノたちにアイノ語を教えて慕われている理由のひとつは恩返しだったのか。

狩猟民族であるアイノの祀《まつ》り言葉が後住の農耕民族からの借りものって!?

この対談集のもうひとりの主役が梅原猛だ。一度お会いしたことがあるけど、いくつになっても思考停止に陥《おちい》らずに、つまりひとつの専門分野だけに逃げずに、全方位型で興味の対象を広げていく並外れた記憶力と分析力の持ち主だった。ただし、アイノの宗教観については深すぎて、今からやってもどうせ終わらないからあえて研究しないよと笑っていた。中空土偶などの土偶の顔が宇宙人みたいになっている理由を話したと思ったら、女性はミニスカートに限るという話をニコニコと話していたっけ。やるなぁ。

その梅原猛好々爺《こうこうや》が50代で藤村久和と出会い、彼の論文を読んだら〈ぼくの人生は変になっちゃった〉と話している。古代日本を研究してきた専門家にとって、アイノの信仰用語は見覚えのある言葉ばかりだった。カムイやピト、タマ、イノッといった信仰の根幹をなすアイノ語は日本語の神、人、玉、命からの拝借語であるという通説が間違っていると気付いた瞬間でもあった。だから変になっちゃったんだね。

藤村〈遺体に対しての一番いいアイヌの言葉はカムイです。人間が素手で闘えないものは全部神ですから〉

梅原〈古代日本の神と同じですね。たとえばオオカミというでしょう。ヘビのことをオカミ、それからカミナリ。人間の力以上のものは全部カミですから、アイヌの神の概念と日本古代のそれは近いですね〉

藤村〈金田一さんはKamiがKamuiになったと言ってますが疑問です〉

梅原〈私も疑問です。アイヌの信仰の基本用語が日本語からの借り物だとしたら、狩猟民族であるアイヌが農耕民族である日本から狩猟の祭の言葉を借りたことになる。ところが、狩猟時代が始まったのは遠い昔である。農耕時代が始まるのはどんなに遠くとも二千数百年前だ。これは逆じゃないかと考えたのですよ。金田一さんも知里真志保《ちりましほ》さんも、アイヌ語と日本語の同一語は日本からの借りものと考えたが、

それは大和《やまと》民族中心の世界観で、カムイがカミになったと考えていい〉

実際、日本の古語にはカムという言葉があって、カミとほとんど同じ用例だと続くんだけどさ、ね、クラクラしてくるでしょ。

金田一京助と知里真志保を痛烈に批判するところもクラクラしちゃうよ

クラクラしてくる理由のもうひとつは藤村久和と梅原猛好々爺が金田一京助と知里真志保を痛烈に批判することだ。たとえばこんな感じ。

梅原〈知里さんは脱アイヌになりたかった。ほんとうは脱日本になりたかった。脱アイヌ、脱日本で、ほんとうはイギリス人になりたかった(笑)。イギリス人になれなくても英文学教授になりたかった。それもなれないので、早道であるアイヌ語を研究した。ところが、アイヌから抜けだそう、あるいは日本から抜け出そうという意思が強いわけですよ。言葉について勉強しても、アイヌの宗教については関心をもたなかった。宗教がわからなければアイヌ文化はわからないと思う〉

これは過激だけど正論なのかもしれない。確かに知里真志保からアイノ愛はまるで感じられないからね。むしろアイノを嫌っていたのだ。

藤村〈知里さん、金田一さんは結局ユーカㇻに終始して、どちらも文法に固執した。文法の解析に視点を置いたために、もっと拾わなければならないだいじなことをみな落としてきた。さらにいえば、あの先生方がやったのは沙流川《さるがわ》や幌別《ほろべつ》であって、ほかの地区のことは全然わかっていなかったのです〉

別の個所では、金田一京助は途中からアイノを突き放したくなったと話しているけど、これらは半分間違っている。金田一京助は旭川にも足を運んでいるし、萱野茂《かやのしげる》さんの頁《ページ》で詳しく引用した通り、亡くなる寸前までアイノと親交を持ち、アイノ宅で寝泊りしていたからね。

もちろん、同一や類似のアイノ語は日本語からの借用であるとか、そもそもアイノ語と日本語は文法的に全く別言語であるとか、最悪なのはアイノは北海道の先住民であって日本人全体のルーツではないと明言するなど途中から救いようのないオバカになったし、ユカㇻに執着するあまり見落としたことが多いのも事実だけど、交通が不便だった時代に近文《ちかぶみ》コタンを訪ね歩き、話が盛り上がってしまったため、最終列車が行ってしまい、申し訳なさそうに泊めてもらう邪心なき京助青年の姿はほかの誰でもなく藤村さんが一番想像できるんじゃないのかな。

アイノ文化が日本の原文化なんだけど津軽海峡以南では汚されてしまった

藤村久和が闘うべき相手は「アイノは北海道だけの先住民だ」と言い張る偉い人たち、大化の改新以前の歴史を無視する御用学者たちではなかろうか。アイノで一番出世《しゅっせ》したのは蘇我《そがの》入鹿《いるか》、蝦夷《えみし》親子なのにね。

いや、すまぬ。トッカリの浅学《せんがく》などより遥かに知的好奇心を満たしてくれる危険な本、それが『アイヌの霊の世界』だ。藤村久和の話を聞いて感動した梅原猛が思わず叫ぶんよ。梅原猛にしか言えない名言なり。

「ユーカㇻと比べると『古事記』なんてつまらないものですな」

おばあちゃんの家に何時間あるいは幾日か滞在しているうちに、いろんな話を聞かせてくれるのですが、ぼくがそれまでに見たアイヌの文献には載っていない話が多い。あれだけバチェラー翁を非難した知里真志保さんの本にも一かけらもでてこないのですね。ぼくはドブさらいのつもりで行ったのだけれども、知里さんや金田一さんたちは、大きな黄金の波を打っている美田の場所を知らなかったのだ。すなわち行った場所が悪かったのだ。

〈藤村久和『アイヌの霊の世界』小学館からの抜粋〉

ミュージシャン風のヘンリーさん

茶ヘンリーのヘンリーさんの話をしよう。場所は余市町の飲み屋街。喫茶店といっても奥さんが経営するスナックを昼だけ間借りしているので、窓のない怪しげな店だった。入り口には野良猫用の食事が置いてあって、運がいいと食事中のタマキチをまたいで店内に入ることができる。出迎えてくれる白髪の老紳士がヘンリーさんだ。カウンターに座っている常連たちも皆老紳士で、怪しすぎる店内にはヒデとロザンナの『愛の奇跡』を作詞した中村小太郎画伯や郷土史研究家の近藤さんなど、地元の文化人が集《つど》っていた。

メニューは珈琲と紅茶だけ。どちらも300円也で、焙煎が深煎りとか、そんなこだわりは全くなしね(笑)。

ンリーさんは16歳で終戦を迎えると旅に出たそうな。ケースに入ったウッドベースを抱えてベースキャンプ巡りの旅に出た。楽器が弾けるわけではなかった。弾けるフリをするのが上手《うま》かった。ついでに顔が二枚目だったのでハッタリがきいた。

ひどい時はカラの楽器ケースを持って仕事に行った。米兵《べいへい》が食べている食料をケースに入れて持ち帰るためにね。

それでも見様見真似《みようみまね》でベーシストになり、東京キューバンボーイズのメンバーとしてステージに立ったことがあるのが自慢だった。「キューバンは大所帯だからひとりぐらいさぼっていてもばれないんだよ」だって。いいなぁ。

ニセミュージシャンのあとはイカサマ神主《かんぬし》、白タク、野良猫カメラマンといった仕事をしながらたくましく生きていた。町のみんなに愛されていたし、トッカリも大好きだった。

ンリーさんの幼年期から成人までの人生を知ったのはヘンリーさんが亡くなったあとだ。

違星北斗《いぼしほくと》の人生を調べていたら、余市町の郷土史研究家が、北斗を看取《みと》った山岸病院の山岸礼三《れいぞう》医師のことを教えてくれた。山岸医師は星新一の祖父、小金井良精《よしきよ》とも親交があった文化人である。それほどの医師が東京から遠く離れた余市町で開業した理由はひとりの美しいメノコ《あいのがーる》と出会ってしまったからだった。そして、余市で一番美しいと評判だったアイノ女性と山岸医師との間にできた一粒種がヘンリーさんなのだよ。ヘンリーさんは「おれはアイヌじゃないよ」と言っていたけど、それは差別された辛い記憶があるからだったんだろうね。アイノの血筋を隠すことで詮索《せんさく》や差別を免《まぬが》れて生きている人は多い。でも、混血特有の美しい顔立ちに救われたことも事実だと思う。

ンリー少年は山岸医師から東京の大学に通うための援助を受けたのに、そのお金でジャズのコンサートを観まくって、楽器を買った。高校や大学では差別されるけど、バンドでは差別されないと思ったからだと思う。

人にも猫にも優しかったヘンリーさんはアイノだった。「アイノは心優しい民族なのです」と胸を張って言える事実がまたひとつ増えたよ。

川上　勇治

エカシとフチを訪ねて

すずさわ書店／1991年2月7日発売／B6版変形200頁／本体1900円　※古書サイトで1500円前後

僕は馬主に、もう最後だから末期《まつご》の水を飲ませてやって下さいと言うて、馬主も僕もテンポイントに水を飲ませてやったんだよ。そして、ちょっと事務所に行ったら、もう目を落としたから、すぐに引き返したけどな。次の日、栗東《りっとう》のトレセンで盛大に告別式をやって、それから遺体をフェリーに積んでテンポイントの生まれ故郷の早来（吉田牧場）へ行って葬ったんだが、僕もその年はテンポイントのことですっかり半病人みたいになって、いっぺんに歳をとったような気がしたな。《小川佐助エカシ》

〈川上勇治『エカシとフチを訪ねて』すずさわ書店からの抜粋〉

萱野茂《かやのしげる》さんを先輩として慕《した》っていた川上《かわかみ》勇治《ゆうじ》は二風谷《にぶたに》の少し北の地、ペナコリで競走馬《きょうそうば》を育てていた。川上牧場の牧場主であり、文筆家でもある。沙流川流域で暮らすアイノたちの人生を描写した『サルウンクル物語』というハードカバーもいいけど、今回お薦めするのは『エカシとフチを訪ねて』だ。タイトル通り、アイノの立派なおじいちゃんやおばあちゃんを訪ねては波乱万丈の人生を聞き書きした本なので、つまらないわけがないでしょ。しかも取材で走り回った昭和58年ごろは明治生まれのエカシが健在だったので、これが面白いのなんのって。

最初に登場する小川《おがわ》佐助《さすけ》エカシも明治38年生まれなんだけど、住所は浦河町西舎《にしちゃ》で職業は中央競馬会（現ＪＲＡ）の調教師。インタビュアーの川上勇治も競走馬の牧場主なので馬トークが炸裂《さくれつ》しまくりだ。

まず、二風谷アイノが競走馬の牧場を始めた経緯を説明すると、これが強《したた》かな歴史なんよ。松前藩が容認していた場所請負制度という奴隷制度が明治初期にもまだ続いていて、二風谷のシラベノなるアイノが厚岸の漁場で一年間労働した対価として普通は盃《シントコ》が一個のところを交渉の末に馬を一頭もらったところから平取の牧場は始まったのです。

一方、明治後期、日清日露戦争で我が国の軍馬が粗末なことが露呈したため、軍馬の改良育成をするための牧場を新設することになったのが新冠《にいかっぷ》と浦河《うらかわ》だ。新冠の御料《ごりょう》牧場は明治天皇、そのあとに作られた浦河の牧場は農林省のものだった。もと住んでいたアイノたちを山に追いやって牧場を開設したのはいいけど、牧場を維持するには多くの人手が必要なので山に追いやったアイノたちを雇《やと》うことにした。それまでは漁期以外は出稼ぎに出ていたアイノたちにとってもいい話なので、この計画はうまく進み、牧場周辺には多くの店も並んで街は活気づいたんだけど、大正に入ると軍馬の需要がなくなったため従業員は解雇され街は衰退。追い打ちをかけるように政府は強制移転先の開墾《かいこん》が進んでいないという理由で非道にもアイノたちから土地を没収する。

120戸ほど住んでいたアイノたちは散り散りになり、残されたのはただっ広い牧場跡と一部の牧草地を中央競馬会が借りて抽籤馬《ちゅうせんば》の育成を細々と始めた人ぐらいだったそうな。

アイノ差別の悔しさを乗馬で晴らし 貯めたお金で馬市の売り買いを始めた

浦河の小川佐助少年は学校の成績はトップだったけど、アイノということで差別され〈本当にそれは残念で夜も眠れないことがいくらでもあったですよ〉と、悔《くや》しさを振り返る。そんな悔しい思いを晴らしたのが馬だった。浦河、三石《みついし》、静内で開催される草競馬に出場したり、お金を貯めては馬市で種馬を売り買いすることを覚えたので、本格的に競馬の世界に入りたいと願うようになる。そして佐助青年26歳の折、一足先に競馬界に入った地元の大先輩、青山市之進の弟子として静内での競走馬の育成と調教を任された。ここからがドラマチックだぞ。

その二年後、弟子として雇ってくれた青山市之進が落馬事故で亡くなってしまったんよ。競馬業界は当時から個人事業主の集まりなので、青山先輩の死で無職になった佐助青年は駆け付けた中山競馬場で「西舎に戻って百姓でもやろうか」と思うんだけど、静内に預けている4頭をあげるから処分してほしいと言われたことで運命の歯車が変わる。

佐助青年は中山競馬場に居るうちに段取りをつけて、静内に戻るとすぐにその4頭を連れて関西に行き、下乗りという見習い騎手をしながら騎手試験を受け続け、昭和９年に京都競馬場で免状をもらうんよ。

昭和13年に騎手免許と調教師免許が分離したので、調教師の試験も受けて合格。その年に全国の競馬倶楽部を統合して社団法人日本競馬会が誕生。京都や阪神でとった資格が日本全国で通用するようになったので、昭和16年には九州の小倉競馬場に移って大活躍すると、すぐに日本競馬会の役員に抜擢されている。競馬会にはアイノ差別が全くなかったんだね。ブラボー。

戦争がはじまり、馬を連れて静内に疎開してからがダイナミックだ。潤沢《じゅんたく》な個人資金を投じて、戦後すぐにアイヌ協会を設立するのである。会則づくりを手伝ったのは知里幸恵《ちりゆきえ》や知里真志保《ちりましほ》の兄である知里高央《ちりたかなか》。横山むつみさんの父である。アイヌ協会を設立した勢いで天皇陛下に会いに行った顛末《てんまつ》など、まだまだ続く小川佐助エカシの破天荒一代記は『エカシとフチを訪ねて』を読むべし。

明治43年にロンドンに行って滞在したアイノがいたんだね。びっくり？

この本にはもうひとり、ものすごいエカシが登場する。大正９年生まれの浜田寛エカシの祖父、貝沢シラベノだ。なんと、明治43年にロンドンに行っているのだよ。シラベノエカシが生まれた明治初期は場所請負制度による漁場での強制労働が続いていたので、我が子を連れて行かれるのを恐れる親たちは子供が生まれてもすぐには届け出なかったそうな。なので、戸籍で明治２年生まれとなっていても、実際は江戸時代の生まれだったりする。シラベノエカシも例外でないようだ。

結婚したシラベノ青年は子に恵まれなかったので隣コタンのペナコリに住む兄から善助という養子をもらう。わけも聞かされず乳飲み子を奪い取られた善助の母親は「クコロション《わが子よ》、クコロション《わが子よ》」と夜になって乳が張る度に泣き叫んだそうな。

語りべである浜田寛エカシの父親に当たる善助は可愛がられて育ち、10歳になった明治43年のこと。そのころ日本と同盟国だったイギリスから平取役場に、平取管内のアイノの家族を日英博覧会に出してほしいという連絡が来たので、日本語を話せてカタカナの読み書きもできた貝沢シラベノ（語りべ浜田寛の祖父で当時40代前半）家族が候補に選ばれる。シラベノの息子の善助も10歳にしてイギリスに行くことになったのである。

結局アイノ2家族がロンドンに行くことになったので、茅葺《かやぶ》きのチ《い》セ《え》の材料を柱から茅まですべてを2軒分、二風谷からロンドンまで持って行ったそうな。具体的には馬橇《ばそり》で早来《はやきた》まで運んで、早来からは鉄道で小樽まで運び、小樽からは船でイギリスまで。3月末に小樽港を出て、ロンドン着は5月だ。到着後は博覧会場内にチセを2棟建てて半年暮らしたというのだから一年がかりの長旅である。

10歳だった善助はとあるイギリス人の家族に可愛がられ、何度も家に連れて行かれては「善助は賢い子だからロンドンの大学に入れて医者にしてから日本に帰す。それまでうちで育てさせてくれ」と頼まれたけど、欲しくて欲しくてやっと我が家に来た男の子を取られてたまるかとシラベノ夫妻は泣いて抵抗した。もし善助がロンドンに残って医者になって戻ってきたらアイノ初のドクターとして歴史的な人物になっていたかもしれないのにね。

イギリスから戻ったシラベノエカシは酒が入るとロンドンで電車に乗ったときの話を最大級のアイノイタㇰの感嘆詞を用いて、コタンの人たちにこう話していたそうな。

「チセネクナㇰ、クラムア、カフンアクス、イルカアンコㇿ、チセモイモイケ、チセホユプ、イヤイカタヌカ、イヤイカタヌカ、タマンゲタモンダ」（家だと思って入って少ししたら家が動き出した。家が走り出した。まったく驚いた、たまげたものだ）

最後にタマンゲタモンダと日本語を交えて語るシラベノエカシのお茶目な表情が目に浮かんでくるよね。見世物として外国まで連れて行かれて可哀そうと思っていた歴史観が覆《くつがえ》される名作アイノ文学なり。

軍隊といえば、軍隊でも俺はアイヌだということでずいぶん差別されたことがあったなあ。

兵舎の内務班《ないむはん》へ入ったら、間もなく准尉《じゅんい》が来て、「ほう、おまえがアイヌの兵隊か、どうだ日本語はわかるか。生《なま》肉《にく》食わなくても大丈夫か」とかいろいろ聞いて珍しそうに俺をじろじろ見るんだよ。いや癪《しゃく》にさわるけど、軍隊だから仕様がないものな。なんでも聞かれたら、ハイ、ハイと答えていたよ。《浜田寛エカシの証言より》

〈川上勇治『エカシとフチを訪ねて』すずさわ書店からの抜粋〉

石森 延男

コタンの口笛

イラストは箱入初版本／東都書房／1957年12月発売／A5版上巻384頁、下巻336頁／本体各380円　※古書サイトで3000円前後

「畑中？　あ、おまえか。中学の一年ぼうず。うちの弟がいっていた。一年生にアイヌがひとりいるって。そうだ。畑中マサの弟だな。」

　ユタカはやにわに女生徒の紺《こん》のネクタイをわしづかみにして、ぐいぐいと水ぎわに押しつけました。

「アイヌが中学にはいって、どこがわるいんだ。なんで、アイヌをばかにするんだい。」

「劣等《れっとう》種族《しゅぞく》のくせに、なにをいばる？」

〈石森延男『コタンの口笛』東都書房からの抜粋〉

『コタンの口笛』は美しい本だ。日焼けした箱から取り出すとハードカバーの表紙に一枚の水彩画がデザインされている。もしやと思って指でなぞると、やはりそうだった。この水彩画は一枚一枚貼られている。同人誌の手法をベストセラーに取り入れているところが心憎いぞ。

扉は掌《てのひら》のイラストだ。指紋《しもん》のかわりにフクロウや自然が描かれている。一枚めくると、鮮やかなイラスト。ターザンのように蔓《つる》で遊ぶ学生服の少年とセーラー服の少女は主人公の姉弟、マサとユタカだ。装《そう》丁《てい》も務めた鈴木義治のイラストセンスにうならされる。

舞台は支笏湖《しこつこ》も含む千歳市。時代は昭和20年代後半か。この小説が書店に並んだのが昭和32年暮れなので、執筆段階では完全なる現代劇だったんだね。「あ、イヌ」とからかうあからさまな差別やイジメが日常的に描かれている。

同名の東宝映画（監督／成瀬《なるせ》巳喜男《みきお》、出演／宝田明、水野久美ほか）が公開されたのは昭和34年３月なので小説発売からわずか１年３か月後か。トッカリが生まれる前に『コタンの口笛』ブームがあったんだね。

ちなみにこの映画の音楽を担当したのは釧路出身でアイノとの接点が多かった伊福部《いふくべ》昭《あきら》、当時44歳。イメージをふくらませるために千歳を歩いた時にゴジラのメインテーマのヒントを得たと何かで読んだことがある。ゴジラにはアイノの血が少しだけ流れているってことなり。

物語はアイノが正しくて和人が悪いという単純な構図では進まない。

当たり前のことだけど、嫌な和人に劣等民族のくせに！　と罵声《ばせい》を浴びせられた時に助けてくれる和人も登場するし、がさつで酒におぼれている嫌なアイノも登場する。それを差し引いても人種差別は壮絶《そうぜつ》だ。卑劣《ひれつ》な闇討《やみう》ちでアイノの少年が死にかけたり、普段はアイノの味方を演じていた教師の裏切りがあったり……。

明治維新から続いた同化政策で言葉を奪われ、自分たちの言葉を話すことさえできないのに、今でもアイノ部落《コタン》で暮らす少年少女に残されたのは劣等感と貧しさだけではなかったのだ、という希望を必死で探しながら読んだよ。心優しき兄姉も希望を探しながら読まれたし。

作者の石森延男は明治30年生まれの児童文学者である。年齢的には違星《いぼし》北斗《ほくと》の４年ほど先輩なり。巻末には同業の小川《おがわ》未明《みめい》が「少年少女のために1500枚という世界にも例のない大作が生まれた」と絶賛した短文を寄せている。原稿用紙1500枚は３冊分の分量だけど、２段組で2巻に収めているので読みごたえ十分だ。

石森延男の出身地は札幌市の南６条西９丁目。明治の頃は田舎だったので、学校までは片道一里半。幼少期、仲間５人と池で遊んでいるとイカダが沈み、あわやというところをぶっきらぼうなアイノの少年に助けられたという思い出が巻末に記されている。アイノは昔、日本中いたるところに住んでいたとも書いているので、おおむねアイノの味方であろう。その立ち位置は作中も貫《つらぬ》かれている。

たとえば主人公のユタカが集団でいじめられて顔中が涙と鼻水だらけになっている時、助けに来た先生に向かって心の中でこう叫ぶ。

〈だめだ、だめだ、中西先生だってアイヌじゃないか、だめだよ。〉

その中西先生は財布の盗難騒ぎでマサが疑われ、「貧しいからでしょうか」「母親がいないからでしょうか」と質問してきた時、

〈そんなことではない。アイヌだからだ。劣等人種と思われているからだ〉と心の中で一気に叫んで、こう続けている。〈母なき家のせわをひとりでまかなって、きょうまで歩いてきたマサではないか。和人との友だちづきあいを辛抱しつづけてきたマサではないか〉

この視点、立ち位置こそが『コタンの口笛』を偽善から遠ざけている。

そういえば、作中、黒い犬がちょくちょく出てくる。アイノ犬のロンだ。そう、アイノ犬は内地のローカル犬と違って白くないのだよ。唇や肉球まですべて真っ黒で、柴犬ほど小柄だ。トッカリはレミというアイノ犬を飼っていたからよくわかるのさ。なので、ロンが出てくる度にレミのことを思い出してジーンとしてしまった。

一部古い学説に頼っていたり、言葉の使い方が不自然な箇所もあるけど、歴史に刻まれるべき至高のアイノ文学であると断言するね。

「アイヌだって、やればやれるってことを――みせるんです。幸次さんみたいに高校を出たら、なおさらいいんだ。こうしておけば、あとからくる仲間は、元気がでると思うんです。」

「ははは、わっはっはははは――。」

幸次は、せきこんで笑い、笑ってはせきこみました。

「あとからくる連中なんか、もういなくなるよ。純粋アイヌは三百人、たった三百人だぜ、この地球によ。あははは。アイヌ族滅亡、風前のともしびとくらあ。あはは―。」

〈石森延男『コタンの口笛』東都書房からの抜粋〉

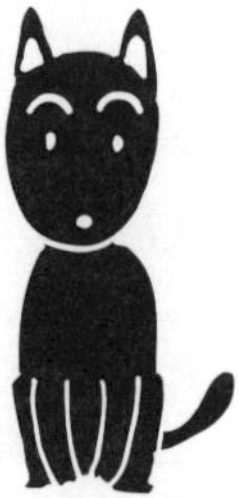

レイエプ〔あいのけん〕

夜逃げした繁殖屋の子に黒犬の赤ちゃんを託されたことがある。まだ授乳期なのに母親は餓死して兄弟も死に絶えた地獄絵の中で一匹だけ生き残っていた子だ。スリッパよりも小さくてふわふわの生物にトッカリはレミと名付けた。それから15年間どこに行くにも一緒だった。旅の供は黒犬。毛だけじゃなく、肉球も、鼻も、唇も、爪までもが真っ黒で、舌も大半が黒い黒犬中の黒犬なのに、世界の犬図鑑を見ても犬種がわからなかった。ある日、レミとふたりで二風谷コタンに行くと、アイノの兄さんが「わっ、懐かしい犬だねー」と言った。犬種はわからないけど、子供の頃、よく見た犬と一緒だと言う。萱野茂さん宅を訪ねると「立派なアイヌ犬だねー」とほめられた。そうか。レミはアイノ犬だったのか。トッカリはずーっとアイノ犬と旅をしていたんだ。アイノ言葉で犬はセタだけど、立派な犬はレイェプ。レミはレイェプだったんだね。

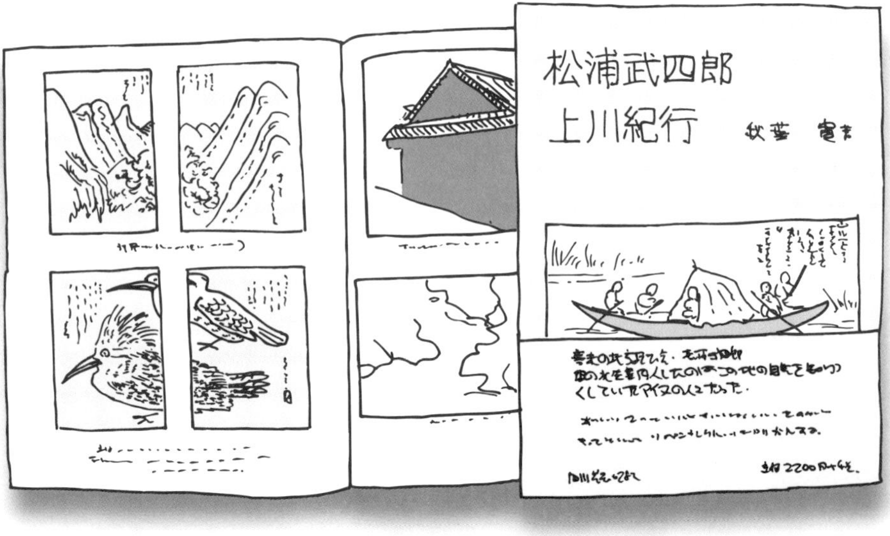

秋葉 實

松浦武四郎上川紀行

旭川叢書（旭川振興公社）／2003年3月1日発行／A5版変形194頁／本体2200円　※古書価3500円前後

これら武四郎著作では上川アイノ一人ひとりの生活態様が克明に述べられているほか、北海岸《オホーツク》ユウベツは石狩に匹敵する勢力の場所であったが、場所請負人《ばしょうけおいにん》が進出して魚を奪われ搾取《さくしゅ》と迫害《はくがい》が及ぶや一族は文化四年（一八〇七）コタンぐるみ上川に逃避している。アイノ民族は決して自らの無力により貧困化したのではなく、収入が往年の四割に減らされたのが第一の原因であることを理解していただきたい。にもかかわらず困窮《こんきゅう》のどん底であった和人開拓者に暖かい手をさしのべてくれたのである。

〈秋葉　實『松浦武四郎上川紀行』旭川叢書の「はじめに」からの抜粋〉

松浦武四郎が好きすぎて松浦家の末裔《まつえい》に会いに行ったことがある。

武四郎が好きすぎる理由は旅作家の大先輩（紀行本、探検本など生涯200冊以上の本を出している）として尊敬できることと、絶滅寸前のアイノのために命がけで闘ったから。腕力ではなくて筆の力でね。

『蝦夷《えぞ》地図』や『蝦夷日誌』では松前藩のアイノに対する非道を明らかにしたために藩が送った刺客《しかく》に命を狙われたし、『近世蝦夷人物史』では明治政府の同化政策はアイノのためにならないと政府批判を展開し、あれほど欲《ほっ》してやっと手に入れた官職をあっさりと辞している。

アイノの言葉を話し、アイノの話に耳を傾け、アイノのために涙を流した武四郎ニシパ《だんな》の話はどのコタンにも伝承されているので武四郎を知らぬアイノはいないほどだ。山本多助エカシ曰く「近世における和人唯一のアイノの味方」。文字を持たなかった江戸期のアイノにとって武四郎の詳細な記録はアイノ民族が確かにその地に暮らしていた唯一の証《あかし》となっている。

好きすぎて訪ねたのは武四郎の生まれ故郷三重県三雲町《みくもちょう》（旧三雲村）。合併して現在は松阪市。三雲町の旧伊勢街道沿いに江戸時代から続く武四郎の生家が残されている。江戸時代に苗字帯刀《みょうじたいとう》を許された名家だけに間口の広い立派な屋敷ではないか。

今から200年とちょっと前の文化15年（1818年）にこの地で生まれた

武四郎はお伊勢参りの人々が街道を歩いている様子を見て「人は歩きさえしたらどこにでも行けるんだ！」と気付き、16歳で家出して江戸まで歩き、連れ戻されてもすぐに諸国漫遊《しょこくまんゆう》の旅に出ている。以後、三雲村には戻っていないのだから生来《せいらい》の旅人気質なり。

そんな築180年、敷地面積320坪の大きな屋敷の左側に、ポツンと小さく備品庫のような小部屋がある。なんと、松浦家末裔の母娘はその狭い部屋で暮らしていた。

六代目夫人の松浦ともさんは大正10年生まれ。トッカリが訪問した2011年は90歳だった。耳こそ遠いけど、離れた場所にある武四郎記念館まで歩いて往復するなど足腰が丈夫なのはさすが武四郎の血筋なり。

武四郎が好きすぎて北海道から来ましたと言うと、喜んで部屋にあげてくれて、七代目松浦典子さんが「わたしたち悲劇のヒロインなのよ」と、不幸続きで武四郎の生家を手放し、市の温情でその片隅に暮らすことになった経緯や松浦家のルーツを詳細に説明してくれた。今はどうされているのだろう。

旧三雲町には武四郎スポットが3カ所ある。小野江小学校のことは〈はじめに〉に書いたので端折《はしょ》るとして、武四郎記念館もできるなら全道民に足を運んでほしい素晴らしい施設である。何よりも痛快だったのは山本命《めい》学芸員が教えてくれた記念館開館＆存続秘話だ。

2005年1月1日に姫野町、三雲町、飯南町などが合併して松阪市が誕生した折のこと。三雲町出身ではない新松阪市長は松浦武四郎のことを全く知らなかった。松阪市には本居宣長《もとおりのりなが》記念館があるので、誰だかよくわからない人物の記念館は廃止すべきだという話が出た頃、公務で札幌に出張することになったのだよ。よし、出会った北海道民に松浦武四郎のことを質問して、その反応で存続か否《いな》かを判断しようと思い、千歳空港からタクシーに乗り、まずは第一道民であるタクシーの運転手に松浦武四郎のことを訊《き》いたら、札幌に着くまでの間、いかに武四郎が立派な人物かを熱く誇らしげに説明してくれたので、新市長氏、札幌到着と同時に「うん。存続しよう」と決めたんですって。

郷土愛の強い無名のタクシードライバーさん、ナイスプレイ❣

松浦武四郎の膨大な著作から『上川紀行』を選んだのには理由がある。

武四郎の原本は難度が高いので解読された現代語訳を頼るとすると、海外小説同様、翻訳者の読解力やセンスが重要になるよね。その点、武四郎は解読者に恵まれた。高倉新一郎、丸山道子、今野淳子など。

中でも大正7年生まれの丸山道子が訳した『石狩日誌』は優しい言葉遣いが印象的だ。石狩場所の場所請負人についてはこう記している。〈当時16歳位と思われるメノコで番人たちの妾《めかけ》になっている者が37人もあり、そのためアイヌの男で40歳位まで未婚のま＞でいる者が大勢おります。そしてアイヌの年取った女も若い女も、番人の妻になれば何年も山に帰さず、浜においたままにしてあります。番人たちだけでなく一季契約の労務者や船の番頭、舟子にいたるまで、少し顔のよいメノコをみるとすぐに自分の妻にしてしまいます。嫌がると牢《ろう》に入れたり、太縄で縛り蔵に吊り下げることもしばしばあって、そのため生涯不具になってしまった者も大勢おります。また相愛の男女が仲を裂かれ、メノコは番人の妻に、男は縊死《いし》をし、またメノコも耐えかねて入水自殺をする例もよくあります。こういうことをした和人たちの名をいちいち申し上げる必要がありましたら別書面にて申し上げます〉

武四郎の各種日誌は斯様《かよう》な内容の具体的な記述にあふれている。今回取り上げた大正15年生まれの秋葉實《みのる》解読の『松浦武四郎上川紀行』も同様だ。ほんの一例を抜き出すと〈安政４年５月27日。チュクベツブト(忠和《ちゅうわ》)のカンナンキレの妹の娘キナパト(38)は番人五郎の妾にされている。サンキツ(57)は未婚でまだ妻もない。イカンンプリ(47)は家内7人残らず漁場に下げられ、娘アリコサン(22)は番人乙吉《おときち》に取られている〉といった具合で、人命よりも商いを優先した松前藩の場所請負制度の犠牲になったアイノひとりひとりの名を武四郎は刻んでいる。

そんな『上川紀行』をまとめた秋葉實さんはどこぞの大学教授ではない。旧丸瀬布町《まるせっぷちょう》で郷土新聞を発行していた在野《ざいや》の歴史研究者だ。

武四郎の『蝦夷日誌』を読むと「相ノ」とか「愛農」という表現はあっても「アイヌ」という言葉が全く出てこないことに気付いたトッカリが丸瀬布の書斎まで訪ね、そのことを質問したら、秋葉實さんは目の前の若造を優しい目で見て「きみはいいところに気付いたね」とマウレ山荘のレストランに連れて行ってくれた。その日から年の離れた親睦が続き、一緒にアイノを訪ねる旅もした仲だ。そんな秋葉實さんにとって『松浦武四郎上川紀行』は単なる解読本の域を超えた《武四郎に成り代わってその叫びを代弁した本》だと思えてならないので選んだ次第。

たとえば、武四郎の志《こころざし》と無念をこう記している。〈石狩場所における上川アイノは200日働いても多くが赤字という低給代、メノコの妾《めかけ》化、堕胎、性病伝染による不妊により、アイノの若者は結婚、出産できず減少した。このような実態を武四郎は日誌の中で「独《ひと》り涙をぬぐいて別る」と述べ、「明日の御開拓は勿論《もちろん》のことながら、今日のアイノの命を救うことも御政道《ごせいどう》向きの主旨ではないでしょうか」という旨《むね》を随所で訴えているのである〉〈明治2年9月28日、明治政府は武四郎の建言にもとづき、場所請負制度の廃止を布達した。驚いた函館、松前の請負人たちは結束して廃止反対を嘆願《たんがん》した。嘆願というよりも恫喝《どうかつ》に等しいものである。できたばかりの開拓使には北海道の漁場を経営する能力がなかったので10月に「漁場持《ぎょばもち》」という名称を与えた。このことを明治政府は武四郎に秘匿《ひとく》した。武四郎が知ったのは2月下旬らしい。アイノ解放にかけていた望みが絶たれた武四郎は大憤慨し辞任を決意した〉。武四郎の怒り同様、秋葉實さんの筆も熱くなっている。

堅《かた》いか。松前藩や明治政府との闘いばかりでは話が堅いよね。武四郎の魅力はそれだけではない。『上川紀行』にも旅の途中で出会ったアイノ青年とアイノ女性の仲人《なこうど》を買って出たり、不運なアイノのために涙をこぼしている。そう、武四郎はよく泣く。白糠《しらぬか》のコタンではあまりの貧しさから老人の口減らしをした話を聞いて大地が湿るほど号泣しているし、泣き虫エピソードには事《こと》欠《か》かない。

武四郎は温泉を愛していた。まだ未開の地だったヌフルペツに行った折は山の噴火音に怖気《おじけ》た案内人のアイノ青年が「旦那、これ以上は嫌です」と言うのを笑って単身山奥に入っては湯《ゆ》浴《あ》みをして、ここはやがて開発されて一流の温泉地になるだろうと予言する。登別温泉だ。

箱館《はこだて》の湯の川温泉がまだ湯宿もなく単なる交通の難所《なんしょ》だった頃、江戸から松前に知《ち》己《き》が訪ねてきたので、武四郎と友は南茅部《みなみかやべ》の川汲温泉《かっくみおんせん》に入るためだけに遥々《はるばる》歩いている。帰路、ヒグマに遭遇して腰を抜かすほど驚いた武四郎を見て「きみの蝦《え》夷《ぞ》通《つう》もたいしたことないな」と笑われている。この数年後、戊辰《ぼしん》戦争《せんそう》の折に土方歳三《ひじかたとしぞう》が陣を構えたその地には現在、川汲《かっくみ》温泉旅館という愛すべき湯宿が営業しているぞよ。

武四郎はただの温泉好きではない。アイノ1家族と和人1家族が仲よく住まっている南茅部の磯谷《いそや》温泉に止宿した折は「湯底に落とした米一粒がしかと見てとれるほどの玉泉《ぎょくせん》である」と温泉の美しさを名文で表現しているんよ。トッカリの大先輩に当たる元祖温泉作家なり。

ちなみに、翌朝出立《しゅったつ》の折に武四郎が遠慮しても遠慮しても「必ず役に立ちますから」と昆布の束を土産に持たされ、一里ほど歩いてから振り返ると、まだ皆が手を振りながら見送ってくれていたので武四郎は不覚にも号泣している。本当によく泣くのである。

文才だけでない。イラストレーターとしての才覚もあった。牧野富太郎顔負けの植物画も大量に残しているし、『上川紀行』の巻頭グラビアには蝦夷地で出会ったアカショウビンやヤマセミの美しいカラー絵も採録されている。観察力と知識がなくては描けない博物画だ。『上川紀行』でも、誰もいなくてつまらない土地に着くと、せめて珍しい植物はないかなと探し始めている。『らんまん』の万太郎みたいでしょ。

秋葉實さんは〈あとがき〉に結構すごいことをサラリと書いている。

アイノの歴史を語る時、武四郎が刻み続けた一人ひとり名前のあるアイノの生活は無視され、「コシャマインの反乱」「シャクシャインの反乱」「クナシリ・メナシの反乱」などアイノが武力蜂起したことばかりが語られがちだけど、「反乱」を辞書で引くと「政府や支配者に背いて乱を起こすこと」とある。徳川家康《とくがわいえやす》が初代松前藩主松前慶廣《まつまえよしひろ》に遣《つか》わした制書で明らかなように、松前藩以外の蝦夷地はどこの国にも属さない独立した隣国《りんごく》であり、松前藩は蝦夷地全体の行政権も支配権も有していないのだから、これらは反乱ではない。なんてことを書いているのさ。ビバ、秋葉さん。ウポポイでは逆立ちしても学べない真実です。

秋葉實さんは亡くなる前、病床で一週間かけて手紙一通を書き上げては送ってくれた。トッカリは親戚でもないのに家族と一緒に湯灌《ゆかん》をして最期《さいご》を見送ったよ。これもひとつのアイノ文学だと思いながらね。

蝦夷人のことを武四郎も「アイノ」とか「土人」と記している。「アイノ」は当時の一般的呼称で、明治初期も「相ノ」などと書かれている。「土人」は「土着の人」の略記で、武四郎は蝦夷人だけでなく松前地や本州の土着の和人も「土人」と記しており、蔑称の意味はない。明治中期に至り「アイノ」の漢字表記に「愛農」が当てられたが、後進民族視する帝国主義者たちが「愛奴」の文字を用い、これに軍配が上がって「アイヌ」が一般化したものである。

〈秋葉　實『松浦武四郎上川紀行』旭川叢書からの抜粋〉

あとがき１

さんづけの踏み絵

公平じゃないとか原理原則が統一されていないとお叱《しか》りの向きもあるだろうけど、自分の弱さだと認めるから許しておくれよ。基本的に敬称略なのにどうしても「さん」を付けてしまう人がいる。金田一京助や松浦武四郎は敬称なしで書けるのに、萱野茂さんとか秋葉實さんはどうしても「さん」が付いてしまう。トッカリとの距離感の問題だろうね。同業者の大先輩で、一緒に旅をしたり語り合った仲だと「さん」を付けてしまうのだよ。

　だから、手塚治虫や赤塚不二夫を敬称なしで書いても心は痛まないけど、貝澤正さんは無理だ。おいらにはできない。

　辛口芸能時評の第一人者だったナンシー関も糸井重里や黒柳徹子などほとんどの芸能人は呼び捨てで書いたのに亀和田武さんには「さん」を付けた。〈会ってしまうと「さん」づけしてしまう〉からだ。ナンシー関も弱かったんだね。ちなみにトッカリも亀和田武さんはコラムニストの大先輩で一緒に旅をした仲なので「さん」を付けてしまう。これは譲れない。

　こうなると一種の踏み絵だね。椎名誠アニキを敬称略で書け、と拷問されたらシーナマコトと片仮名で書いて逃げられるかもしれないけど、萱野茂さんは無理だ。座《ざ》して死を選ぶよ。

　そうだ。こんな時のために便利なアイノ言葉《イタク》があるのだった。エカシとニシパ。茂エカシと誠ニシパで処刑は免れるかな。

あとがき２

知里幸恵ＬＯＶＥ

この本が叩かれるとしたら、それはＵポポイ批判でもＳ幌大学批判でもなくて、知里幸恵の日記の解釈だろうね。実際、旅作家の先輩が「純情可憐《かれん》な知里幸恵ちゃんは熱烈なファンが多いから扱いは気を付けた方がいいよ」と忠告してくれた。ありがたいけど、それは大丈夫。読解力《どっかいりょく》の欠けた、イコール、幸恵の真の気持ちを理解しようとせず表面的な言葉しか見ていないファンに何か言われても痛くもかゆくもないからだ。やっかいなのはキリスト教と絡《から》めて必要以上に幸恵を美化している人たちね。原理主義に近いキリスト教徒は「こうでなくてはいけない」「こうあるべき」と、原理原則から逸《そ》れることを許さないでしょ。幸恵は奉仕の精神を貫いて美しい心と体で神の国に召《め》された、という解釈《かいしゃく》以外は認めたくないとしたら、さしずめこの本は『悪魔の書』だ。それも屁《へ》でもないんだけど、可哀相なのは幸恵だよ。きちんと理解してくれない人たちに崇拝《すうはい》されても、ちっとも嬉しくないだろうからね。長万部《おしゃまんべ》出身の保守評論家、西部邁《にしべすすむ》が朝日新聞からのオファーに答えた言葉を思い出した。

「おれの言った言葉をきちんと理解しないで大きく載せる産経新聞よりも、おれの言葉を理解した上で批判する朝日新聞の方が、おれは好きだよ」

少なくともトッカリは幸恵のずるくて嘘つきな部分に接して幸恵のことがますます好きになったけどね。愛《ラブ》しかないぞ。

あとがき３

イヤイライケレ〜

トッカリのヘタッピなイラストだけでは恐縮なので、小樽出身の大好きな版画家、金沢一彦画伯の作品を使わせてもらった。画伯が生きていたら「こんな内容なのでこんな絵を」と注文することもできたけど、それは叶わないので、遺《のこ》された作品から内容にあうのを選んだ次第。だから、いかにもアイノアートって感じのイラストはないのです。ごめんよ。

大切なことを書き忘れていたよ。この小さな本を買ってくれてありがとう。そして、読んでくれてありがとう。イヤイライケレ。たぶん、きっと、全然売れないと思うから、兄姉は貴重な読者のひとりだよ。多くの本の中からこの本を見つけたことを誇《ほこ》りにしてね。ばいびー♀

エポエポアヤポ
アイㇴ文学読本

2023年10月25日初版発行

著　者 ――― トッカリ
版　画 ――― 金沢一彦
イラスト ―― トッカリ
DTP ――― 飯野栄志
発行人 ――― 舘浦海豹
発　行 ――― のんびり出版社海豹舎
〒063-0037 札幌市西区西野7条10丁目17-7
phone:011-751-7757　fax:011-663-6626
印刷・製本 ―― 株式会社シナノ

ISBN978-4-901336-42-0　Printed in Japan

ハルコロ(1)
ハルコロ(2)
祖父・小金井良精の記
サルウンクル物語 川上勇治
少数民族の旅へ
エカシとフチを訪ねて
知里幸恵 遺稿
銀のしずく
風の神とオキクルミ
エタシペ カムイ
アイヌのむかしばなし
ひまなこなべ
アイヌ民族
違星北斗 遺稿
銀のしずく降るまわりに
藤本英夫
星新一
1300円
本多勝一
貧困なる精神
アイヌ民族
アイヌ学の夜明け